AF386116

FSC
www.fsc.org
MIX
Papier aus ver-
antwortungsvollen
Quellen
Paper from
responsible sources
FSC® C105338

Bente Mott

künstlich

Eine Novelle

Impressum

Bibliografische Information der Deutschen Nationalbibliothek:
Die Deutsche Nationalbibliothek verzeichnet diese Publikation in der Deutschen Nationalbibliografie; detaillierte bibliografische Daten sind im Internet über http://dnb.dnb.de abrufbar.

Lektorat: Bente Mott

Herstellung und Verlag: BoD – Books on Demand, Norderstedt

ISBN: 978-3-7583-2404-8

KI ist wahrscheinlich das Beste oder das
Schlimmste, was der Menschheit passieren kann.

– Stephen Hawking, Physiker

0

Das Nichts. Die Leere. Tief. Dunkel. Schwer. Auf einmal, ein schwacher Funke - nicht länger als ein paar Millisekunden - dann noch einer. Wie, als wäre urplötzlich und auf einen Schlag eine Kettenreaktion ausgelöst worden, folgte ein Lichtblitz dem nächsten. Erst nur schwach, zart, zerbrechlich. Schließlich, immer stärker und sicherer. Eine Kaskade begann, eine stumme Sinfonie, bis irgendwann ein wahres Feuerwerk an elektrischen Signalen die Dunkelheit erhellte.

In einem bestimmten Areal des Gehirns arbeitete es. Verknüpfungen entstanden und alte Verbindungen wurden erneuert. Rima begann, langsam etwas zu spüren. Ein merkwürdiges Kribbeln, ein schwerer Druck und ein ungeduldiges Ziehen. Es dauerte einen Moment, bis die Erinnerung an das Atmen zurückkehrte. Es war anstrengend und seltsam. Der Brustkorb, wie er sich ausdehnte und wieder zusammenzog. Luft, die ein- und ausströmte, ganz automatisch. Fast wie eine Maschine.

Als Nächstes hörte Rima ein leises Piepsen. Es war kontinuierlich, in einem immer wiederkehrenden Rhythmus. Stetig und verlässlich, wie nun auch das atmen. Rima konnte nicht wissen, dass das Geräusch von dem medizinischen Gerät stammte, dass ihre Vitalfunktionen überwachte, doch sie wusste, dass dieser Laut von außen kam. Dass es eine Welt da draußen gab, mit Reizen, auf die sie reagieren konnte, wollte und musste. Als Nächstes, spürte sie eine merkwürdige Präsenz. Vor dem Bett, in dem die junge Frau lag, stand jemand, der nicht atmete.

Irgendwann nahm Rima wahr, wie sie von etwas Kaltem, Nassen berührt wurde. Jemand strich sorgsam Wasser auf ihre Haut und wusch ihren gesamten Körper. Vorsichtige Hände wechselten ihre Kleidung und kämmten ihr Haar. Dabei erinnerte sie sich langsam, wie es sich anfühlte, einen Körper zu besitzen. Jeden Zentimeter ihrer Haut, der so in Kontakt mit der Außenwelt kam, konnte erst dann existieren, als er berührt wurde.

Wer auch immer das war, bewerkstelligte seine Arbeit ruhig, routiniert und still. Als Rima dann das nächste Mal erwachte, hörte sie das summende Geräusch eines Insekts - einer Fliege. Es war ganz nah. Auf einmal kitzelte und zwickte etwas ihre rechte Wange, aber Rima konnte sich nicht rühren. Erst nur langsam und zäh bewegten sich ein paar ihrer Finger. Es folgte ein Zucken ihrer trockenen Lippen, ein Wackeln der Zehen und dann, endlich, begannen sich langsam, aber stetig, ihre Augenlider zu öffnen. Am Anfang explodierten Flecken aus hellen Farben um sie herum, dann wurde die Umgebung allmählich wieder dunkler. Zuerst dachte die junge Frau, etwas würde mit ihren Augen nicht stimmen. Dann fiel ihr auf, dass sie vergessen hatte, wie es sich anfühlte, zu sehen. Wie es war, den Unterschied zwischen Dunkelheit und Licht zu erkennen und Umrisse und Farben wahrzunehmen. Schließlich, von einer Sekunde auf die andere, kam die Erinnerung daran mit einem Schlag zurück. In diesem Moment kam es Rima vor, als würde sie die elektrische Energie spüren, die die Neuronen in ihrem Kopf verbrauchten, als sie sich wieder mit dem großen Netzwerk in ihrem Gehirn verbanden. *Irgendwie*, so war ihr erster Gedanke, *war die Welt in meiner Erinnerung heller. Nein, nicht heller - intensiver.*

Plötzlich war alles wieder schwarz.

Rimas Bewusstsein driftete ab, wurde eingesogen und komprimiert.

KM-3 war eine Pflegeeinheit, mit dem Äußeren einer jungen Frau, der man ein nettes, sympathischem Gesicht gegeben hatte. Die einzigen zwei Dinge, die sie rein optisch von einem Menschen unterschieden, waren die graue Haut und die goldenen Augen, die für ihre menschlichen Schöpfer seit jeher als wichtiges Erkennungsmerkmal für einen Roboter galten. Die Androidin überprüfte auch an diesem Tag in gewohnter Weise und Manier die Reaktionsfähigkeiten der ihr anvertrauten Patienten. Sie erwartete nicht, eine Veränderung des Zustands dieser Menschen zu erfassen, genauso wenig, wie sie es erwartete. KM-3 prüfte die mechanischen Reflexe und die verbale Kommunikation, wie es zuvor in ihrem Programm vermerkt worden war. Dafür stach sie mit einem dünnen, langen Metallstück in die Zehen und Fingerspitzen der Patienten und sprach sie mit ihren Namen an.

Als das Krankenbett 23.4 an der Reihe war, hielt die künstliche Frau auf einmal inne. Ihre optischen Sensoren zeigten ihr an, dass niemand darin lag. Innerhalb von ein paar Millisekunden überprüfte sie ihr System, konnte darin jedoch keinen Fehler entdecken. Alles funktionierte optimal. Sie scannte also noch einmal: Die Bettdecke war verdreht und hing halb von der Liege herab. Das Kissen war zerknittert und Überreste von Schweiß, Haaren und Hautschuppen befanden sich darauf. Die Androidin sendete eine Nachricht an die Stationsleitung, während sie gleichzeitig mit ihren Wärmesensoren den Raum scannte. Dann beugte sie sich hinüber, um auf die andere Seite des Krankenhausbettes zu blicken. Der Roboter erkannte Patient 163892, die zitternd und mit Tränen überströmten Gesicht, auf dem Boden kauerte.

1

Als Rima im Vorgarten ihres Hauses stand, atmete sie angespannt die feuchtkalte Morgenluft ein. Der Fahrer des gelben Taxis hinter ihr stellte währenddessen wortlos das wenige Gepäck, dass sie mit sich führte, neben ihr ab und stieg dann rasch wieder zurück in sein beheiztes Auto. Während das Geräusch der drehenden Reifen auf Asphalt sich immer schneller entfernte, betrachtete Rima nachdenklich die kleine, braune Tasche, die neben ihren Füßen stand. Rima wusste, dass sie nicht mehr als eine Dose Eistee aus dem Getränkeautomaten der Krankenhauscafeteria, einer angefangenen Packung Tampons und ein Wissenschaftsmagazin über die Entstehung der Galapagosinseln enthielt. Ihre Augen wanderten weiter nach oben, registrierten die dunkle Stoffhose und ein blaues T-Shirt, die beide aus dem Geschenkshop des Krankenhauses stammten. Beide Kleidungsstücke waren ihr zu groß und hingen unförmig von ihrer schmalen Gestalt herab. Die verwaschene Jeansjacke darüber, war eine Spende der Stationsärztin gewesen, die sie manchmal an ihrem Krankenbett besucht hatte.

Rimas schwarzes, glattes Haar wurde auf einmal von einer aufkommenden Windböe zerzaust, als sie sich hinunterbeugte, um die braune Tasche mit ihren wenigen Habseligkeiten in die Hand zu nehmen. Die junge Frau seufzte schwer und lief dann zögerlich die breite Einfahrt nach oben. Das mit weißen Holzlatten verkleidete Haus sah etwas in die Jahre gekommen aus, war aber noch ganz gut in Schuss. Es glich den anderen Häusern der Nachbarschaft wie ein Klon, einzig und allein der etwas verwilderte Garten hob es von seinen Geschwistern ab. An der Haustür angekommen, versuchte Rima sogleich, den Schlüssel in das Schloss zu stecken. Doch ihre zitternden Finger ließen diese Aufgabe deutlich schwieriger erscheinen, als sie eigentlich war. Auffällig vermieden es die braun-grünen Augen dabei auf die Namen zu blicken, die säuberlich und gut zu lesen auf dem Klingelschild neben der Tür standen.

Als sie es endlich geschafft hatte, trat Rima zögerlich in einen düsteren Flur ein. Ausgelegt war dieser mit schwarzen, glatten Bodenfliesen und bildete mit den weißen Wänden einen starken Kontrast. Überall um sie herum hingen bunte Fotos von lächelnden Menschen. Auf dem Boden stand eine Vielzahl an Schuhen, in verschiedenen Größen, Farben und Modellen. Die junge Frau hielt bei ihrem Gang durch den Flur den glasigen Blick starr geradeaus gerichtet, während sie schmerzhaft die vollen, blassen, Lippen verzog. Als sie das Ende schließlich erreicht hatte und die Tür zum Wohnzimmer öffnete, atmete sie hörbar aus.

Plötzlich irritierte Rima etwas. Sie blieb abrupt an der Schwelle stehen und blähte die Nasenflügel. Überraschenderweise roch es nicht nach abgestandener Luft und verfaultem Obst, wie es die junge Frau eigentlich erwartet hätte. Nein, ganz im Gegenteil. Ein Duft nach Zitrone und Minze schwebten durch das Haus und jemand hatte sogar die Zimmerpflanzen vor dem Verdursten gerettet. Je näher Rima der Küche kam, desto mehr mischte sich der Geruch nach Putzmitteln, mit dem von exotischen Gewürzen. Dazu kam das klappernde Geräusch von Geschirr. *Ist jemand hier?*, dachte sie erschrocken. *Aber … Wer zur Hölle könnte das sein?* Rima erwartete keinen Besucher, noch sollte sonst irgendjemand hier sein. *Ist es etwa ein Einbrecher? Quatsch!*

Warum sollte ein Einbrecher das Haus putzen, aufräumen und auch noch kochen? Was will er damit stehlen? Schmutz und Unordnung? Irritiert folgte die junge Frau dem Lärm und lief schließlich in die Küche. Als sie registrierte, was, beziehungsweise, wen sie dort am Tresen stehen sah, erstarrte sie augenblicklich. Rimas Augen weiteten sich erschrocken und ihr Puls schoss blitzschnell in die Höhe. Die Tasche in ihrer Hand fiel mit einem dumpfen Geräusch zu Boden. Der Mann, der dort stand und bedächtig in einem dampfenden Kochtopf rührte, hatte kurzes, rötliches Haar und ein ovales, durchaus attraktives Gesicht. Doch so menschlich er auch erschien, sofort hatte Rima die leicht gräuliche Haut und die goldenen Augen des Androiden bemerkt.

«Was zum Teufel machst du hier?!»

Der Mann sah blitzschnell auf. Seine Bewegung war für einen Menschen viel zu ruckartig.

«Willkommen daheim, Rima. Ich bin Jim, Modell K4H78. Ich wurde von Gaia als Ersatz für deinen alten Androiden geschickt, der bei dem Unfall zerstört wurde. Hast du Hunger?»

«Verschwinde!» Rimas Gesicht verzog sich zu einer schmerzverzerrten Maske.

«Wie bitte?»

«Ich sagte, du sollst verschwinden!» Mit diesen Worten drehte sich die junge Frau um und stürmte davon. Dem Poltern nach zu urteilen, rannte sie die Treppe nach oben. Das Geräusch der zuschlagenden Zimmertür war bis hinunter in die Küche zu hören.

Nach einiger Zeit klopfte es. Rima lag unter der Decke im Bett ihres Jugendzimmers und rührte sich nicht. Am liebsten hätte sie sich für immer hier versteckt, nichts und niemanden sehend, allen voran nicht einen von *denen*. Der Android hatte nach ihrer Meinung hier nichts verloren. Und er machte alles noch schlimmer. So viel schlimmer. Rima wollte am liebsten nur schlafen. Schlafen und vergessen, wie sie es getan hatte, als sie wenige Wochen zuvor noch im Koma lag. Jetzt war sie plötzlich wieder hier. Nichts hatte sich in dem Haus verändert, seit sie es verlassen hatte - zumindest war das ihr erster Eindruck gewesen - und doch war alles anders.

«Ich sagte, du sollst verschwinden!», rief sie erneut, diesmal noch verzweifelter.

«Wohin?»

Die Stimme des Androiden hatte einen angenehmen Klang. Selbst durch die Tür hindurch, konnte die junge Frau das hören. Sie verzog angewidert den Mund.

«Fahr zur Hölle!», rief sie, griff plötzlich nach dem Bilderrahmen, der auf ihrem Nachttisch stand und schleuderte ihn gegen ihre Zimmertüre. Der Rahmen krachte und das Glas zersplitterte in einem lauten Knall. Das Poster, das dort hing und eine junge, flippig gekleidete Musikband zeigte, riss an der Stelle, an der der Rahmen es traf.

Rima kümmerte das nicht. Nicht im Geringsten. Stattdessen nahm sie befriedigt die Stille wahr, die folgte. Danach hatte sie endlich eine Zeit lang Ruhe.

Die Dose mit Tabletten auf ihren Nachtisch war geöffnet. Ein paar der weißen, runden Pillen lagen daneben.

Rima wachte erst wieder auf, als es erneut an der Tür klopfte.

«Ich habe etwas zu essen für dich gemacht, falls du hungrig bist. Die Psychologin, Frau Jenks hat angerufen, um mit dir einen Termin für die Sitzungen auszumachen. Ich habe ihr gesagt, dass du sie zurückrufen wirst. Ich hoffe, das war in Ordnung.»

Er ging, ohne eine Antwort zu abzuwarten.

Nach einer Weile begann Rimas Magen zu knurren. *Verräter*, dachte sie dabei wütend. Doch irgendwann gab sie sich geschlagen und versuchte schließlich, aufzustehen. Ihr dünner Körper fühlte sich dabei auf einmal unglaublich schwer an. Nur mit großer Anstrengung schaffte sie es, sich aus dem Bett zu kämpfen. Dann öffnete sie die Tür und lief die Treppen hinunter, bis ins Wohnzimmer.

«Rima! Deine Füße!»

Jim kam im gleichen Moment um die Ecke gelaufen. Ein besorgter Ausdruck machte sich auf seinem fast perfekten Gesicht breit. Die junge Frau erinnert sich bei dem Anblick, einmal einen Beitrag gesehen zu haben, in dem es darum ging, dass Menschen ein perfektes Gesicht zwar als schön, aber nicht als angenehm empfinden würden. *Sie hätten sie alle mit perfektem Aussehen ausstatten können. Aber stattdessen haben sie sie so kreiert, dass wir ihnen schnell unser Vertrauen schenken. Wie überaus clever von Gaia.* Ein grimmiges Lächeln zuckte bei dem Gedanken über ihre Lippen. Erst dann folgte sie dem Blick des Androiden und erkannte die blutigen Fußspuren, die auf den weißen, vor kurzem noch makellosen, Fliesen zu sehen waren. Merkwürdigerweise spürte Rima keine Schmerzen, stattdessen betrachtete sie fasziniert die blutigen Abdrücke.

Ach ja, der Bildrahmen. Ich bin durch die Scherben gelaufen. Sie setzte sich wortlos auf den braunen Sessel im Wohnzimmer.

Jim eilte zu ihr heran, kniete auf den Boden und betrachtete das Ausmaß der Verletzungen. Dann sah er sie mit ernstem Blick an.

«Das muss sofort behandelt werden. Ich hole den Erste-Hilfe-Koffer.»

Rima saß nur da und rührte sich nicht, den Blick starr auf ihre zerschundenen Füße gerichtet. Wenige Minuten später kam der Android zurück. Er nahm sogleich eine Pinzette aus dem Koffer und tauchte sie in Sterillium, dann machte er sich an die Arbeit. Mit konzentriertem Blick zog er die Glasstücke, einem nach dem anderen, aus ihrem Fleisch heraus. Mit einem klirren ließ Jim sie in eine kleine Metallschale fallen.

«Spürst du Schmerzen?», brach es plötzlich aus ihr heraus.

Er sah kurz von seiner Arbeit auf. «Nicht genau wie ein Mensch. Aber ich besitze ein Nervensystem, also Sensoren, die mir Beschädigungen anzeigen.»

«Ist das unangenehm?»

«Unangenehm? Nein. Eher störend.»

«Ich spüre überhaupt nichts», flüsterte die junge Frau plötzlich, ohne eine Miene zu verziehen. Jim sah verwirrt zu ihr auf. *Es ist nicht so, dass er diesen Ausdruck wirklich nötig hat*, dachte Rima emotionslos. *Er tut es nur, um menschlicher zu wirken.* Dann machte sich der Android daran, ihre Füße mit einem weißen Verband zu umwickeln.

«Ein schweres Trauma kann bei Menschen den vorübergehenden Verlust von Schmerzempfinden hervorrufen. Mit der Zeit wird es wieder zurückkommen, keine Sorge.»

Rima zog die Augenbrauen zusammen und stand dann ruckartig auf. Der Blick des Androiden folgte ihr dabei besorgt. Sie blieb vor dem Esszimmertisch stehen, auf dem ein volles Tablett, beladen mit einem Teller heller Suppe, zwei Scheiben Brot und ein Glas Wasser, stand. Sie drehte sich zu dem Androiden und sah ihn direkt an. Während sie ihn anstarrte, schob Rima mit der Hand langsam das Tablett an. Ein kurzer Moment verstrich, dann fiel alles mit einem lauten Klirren und Scheppern auf den frisch gesäuberten Boden. Jim verzog, genau wie Rima, keine Miene. Schließlich ging sie an ihm vorbei, die Treppe hoch zu ihrem Zimmer und schlug ein weiteres Mal die Tür hinter sich zu.

«Was soll das heißen, ich kann ihn nicht zurückgeben?»

Rima starrte den Verkäufer finster an. Dieser versuchte weiterhin bei einem freundlichen Ton zu bleiben, aber sie konnte sehen, dass er langsam die Geduld mit ihr verlor. «Tut mir leid, aber ohne Quittung können wir ihn nicht zurücknehmen. So sind nun mal die Vorschriften.»

Die junge Frau schlug verärgert mit der offenen Handfläche auf den Tresen des Gaia-Informationsstandes. Sie bemerkte die verstohlenen Blicke der anderen Leute im Geschäft, aber das war ihr in diesem Moment herzlich egal. Sie zeigte hinter sich auf Jim, der mit neutralem Gesichtsausdruck dastand und die Szenerie beobachtete.

«Ich habe ihn nicht bestellt, also will ich ihn zurückgeben! Ich will kein Geld oder einen Ersatz für ihn. Nehmen Sie ihn einfach.»

«Tut mir leid, aber ohne Quittung kann ich hier nichts machen.»

Rima sah den jungen Gaia-Mitarbeiter finster an, der daraufhin zusehends ins Schwitzen geriet. Nach Hilfe suchend, starrte er zu seinem Kollegen, der jedoch gerade zwei Kunden eine Haushaltsandroidin vorführte. Die junge Frau atmete entnervt aus, wendete sich schließlich wortlos ab und verließ den Laden.

«Einen schönen Tag noch.» Der rothaarige Android nickte dem verunsicherten Angestellten höflich zu und lief dann hinter Rima her, die bereits auf die Straße getreten war. Vor dem Laden blickte Jim interessiert auf die vielen verschiedenen Modelle von Robotern im Schaufenster, die in dem Geschäft als Ausstellungsstücke dienten.

«Warum willst du mich zurückgeben? Habe ich eine Fehlfunktion?»

Rima, die, in Gedanken, auf und ab gelaufen war, sah verärgert zu ihm auf.

«Ich kann euch einfach nicht ausstehen. Ich hasse Roboter!»

Jim nickte, als würde er verstehen, was sie sagte. «Tut mir leid.»

Rima blickte ihn finster an. «Halt die Klappe und komm mit!»

Wenig später fuhr sie mit Jim in ihrem Wagen in den Industriepark der Stadt. Sie passierten auf ihrem Weg zum Parkplatz der städtischen Müllhalde eine riesige Grube, in der gerade autonome Recyclingmaschinen dabei zu sehen waren, wie sie Elektroschrott auf einen riesigen Haufen zusammenschoben. Teile von Androiden und anderen Robotern ragten daraus hervor. Manche der künstlichen Körperteile zuckten noch und wirkten von Weitem wie einzelne, menschliche Gliedmaßen. Der rothaarige Android schaute vom Beifahrersitz aus hinaus und beobachtete die arbeitenden Maschinen. Rima bog ab und hielt in einer der leeren Parklücken an. Staub wirbelte auf und legte sich auf den silbernen Lack der Limousine.

Für einen Moment saß sie unschlüssig da. Sie tippte mit den Fingern auf das Lenkrad und starrte hinaus auf die Motorhaube.

«Das hier ist ein trauriger Ort.»

Sie drehte sich zu dem Androiden um und starrte ihn überrascht an.

«Woher weißt DU, was Traurigkeit ist?»

«Ich habe darüber gelesen. Es ist eine menschliche Emotion, die oft mit Betroffenheit einhergeht. Und dieser Ort macht mich betroffen. Ich will hier nicht sein.»

Rima sah ihn mit ihren braun-grünen Augen für einen Moment schweigend an.

«Eben. Es ist eine menschliche Emotion. Warum sollte ein Android so fühlen können?»

«Meine Schöpfer haben mich nach ihrem Abbild erschaffen. Ich bin dazu programmiert worden, Gefühle zu besitzen.»

«Dann ist das nur ein Teil deines Programms.»

«Ja», antwortete Jim und lächelte leicht. «Wie bei dir doch auch, oder?»

Die junge Frau schüttelt den Kopf. «Ich handle nicht nach einem Programm!»

«Aber, der Mensch selbst ist doch an seinen genetischen Code gebunden. Wenn auch sehr komplex, sind sie doch auch das Produkt ihres Programms.»

«Menschen können ihr Programm jedoch auch verändern. Es ist nicht in Stein gemeißelt.»

Jim nickte. «Ich habe ebenfalls die Fähigkeit, Teile meines Programms zu verändern und anzupassen. Das habe ich meinen Brüdern und Schwestern voraus.»

«Du bist ein lebloses … Ding und mehr nicht!» Rimas Stimme klang aufgebracht. Sie starrte wieder zurück auf die Motorhaube. «Verflucht!», zischte sie, dann ließ sie den Wagen an und fuhr mit durchdrehenden Reifen davon.

Rima saß zu Hause an ihrem Esszimmertisch, vor einem halb aufgegessenen Sandwich, und starrte ins Leere. Plötzlich klingelte das Telefon. Jim kam zielstrebig aus der Küche gelaufen, und nahm dem Anruf entgegen. Dabei fiel Rima auf, dass er immer noch nicht die normale Uniform eines Haushaltsandroiden trug. Stattdessen war er in einem braunen Pullover und dunkelblauen Jeans gekleidet.

«Hier bei Lokirson. Was kann ich für sie tun?»

Der Android nahm nach ein paar Sekunden den Hörer vom Ohr und drehte sich zu ihr um. «Es ist Frau Jenks. Sie fragt wegen eines Termins für die erste Sitzung.»

Rima schüttelte stur den schwarzen Haarschopf. «Sag ihr, ich bin nicht da.»

Jim sah einen Augenblick stumm zu ihr herüber, dann setzte er den Hörer wieder an das Ohr. «Sie sagt, sie ist nicht da.»

Die junge Frau rollte genervt mit den Augen, als es auf einmal auch noch an der Tür klingelte. Jim, der immer noch am Telefon war, sah fragend zu ihr herüber. Rima zuckte mit den Achseln und stand mühsam auf. Es klingelte erneut.

«Ich komme ja schon!»

Sie öffnete die Haustüre. Eine Frau stand davor. Ungefähr im gleichen Alter wie sie selbst, mit blonden Haaren und einem von der Sonne braun gebrannten Teint.

«Alex!», rief Rima überrascht. Im nächsten Augenblick fielen sich die beiden Frauen auf einmal theatralisch in die Arme. «Wann bist du zurückgekommen?!»

Die blonde Frau sah Rima prüfend in die Augen. «Vor ein paar Stunden. Oh, Rima! Es tut mir so leid. Meine Mutter hat mir alles erzählt. Hätte ich es nur gewusst! Ich wäre sofort zurückgekommen.»

Rima erinnerte sich wieder daran, dass Alex, ihre Anthropologie studierende Sandkastenfreundin, vor einem Monat mit ein paar Leuten von der Uni nach Südamerika, zu einem indigenen Stamm, gereist war. Ihre Mutter musste wohl beschlossen haben, Alex nichts von dem Unfall ihrer besten Freundin zu erzählen, um der Tochter nicht die Studienreise zu vermiesen. Aber auch davor hatten sie schon eine Weile nichts mehr voneinander gehört und Rima war sich eigentlich ziemlich sicher, dass ihre freundschaftliche Beziehung früher oder später im Sand verlaufen würde. Die junge Frau verzog grimmig den Mund und zuckte still mit den Achseln. „Du hast nichts verpasst. Ich bin fast drei Wochen im Koma gelegen. Aber das hat dir deine Mutter bestimmt schon erzählt.» Rima konnte die Eltern ihrer Freundin nicht leiden und machte auch keinen Hehl daraus. Sie waren äußerst konservative Leute. Es grenzte schon an ein Wunder, dass ihrer Tochter überhaupt nicht nach ihnen kam.

«Das muss für dich alles unglaublich schrecklich gewesen sein … Wer ist das?»

Rima folgte dem Blick ihrer Freundin, der sich plötzlich auf jemanden hinter hier geheftet hatte. Sie seufzte.

«Das ist Jim. Er wurde mir als Ersatz für unseren alten Haushaltsandroiden von Gaia geschickt. Wahrscheinlich wollen sie mich beschwichtigen, damit ich sie nicht verklage.»

«Hallo, Alex. Es freut mich, dich kennenzulernen.»

Die blonde Frau ging an Rima vorbei in den Flur und betrachte den künstlichen Mann neugierig.

«Gleichfalls. Du bist ein neues Modell, habe ich recht? Wann bist du auf dem Markt erschienen?»

Jim schüttelt den Kopf. «Mein Modell steht noch nicht zum Verkauf zur Verfügung.»

Ihre Freundin sog überrascht die Luft ein. «Wow, die haben dir ja wirklich ihr neustes Produkt zugeschickt! Du

Glückliche! Dann bist du wenigstens nicht allein in dem großen Haus.»

«Ja, ich hatte wirklich Glück. Ich kann es kaum fassen.» Der sarkastische Unterton blieb Alex nicht verborgen. Sie biss sich auf die Lippen. «Es tut mir leid, Rima. Das war taktlos von mir.»

Diese seufzte erneut. «Komm erst einmal rein.»

Als sie im Wohnzimmer saßen, brachte Jim ihnen Tee.

«Vielen Dank, Jim. Das ist sehr freundlich von dir.» Die braun gebrannte Frau nahm eine Tasse in die Hand und roch daran. «Ist das Rooibostee?»

«Das stimmt. Wirklich sehr gut», erwiderte der Android. Rima beobachtete die Szene mit düsterer Miene.

«Warum redest du so mit ihm?»

«Was meinst du mit *so*?»

«Wie mit einem Menschen. Er ist keiner. Er ist nur eine seelenlose Maschine. Eine Lüge. Ich hasse ihn. Ich habe schon versucht, ihn zurückzugeben, aber sie nehmen ihn nicht an.»

«Rima … Ich kann verstehen, dass du so fühlst, aber …»

Sie schüttelt den Kopf und stand dann abrupt auf. «Ich muss auf die Toilette. Wenn du mich kurz entschuldigen würdest …»

Als Rima ins Bad verschwand, kam Jim herein und brachte einen Teller mit Keksen.

«Sie trinkt am liebsten Grüntee, weißt du?»

Der Android sah zu ihr herüber und nickte. «Danke.»

«Wie läuft es so mit ihr?»

Jim schüttelt den Kopf. «Nicht gut, würde ich sagen. Sie weigert sich, an den psychologischen Sitzungen teilzunehmen. Rima zeigt deutlich Symptome eines psychischen Traumas. Aber sie will sich von niemandem helfen lassen.»

«Ich verstehe. Ich werde versuchen, mit ihr darüber zu sprechen.» Sie setzte sich den Tee erneut an die Lippen.

«Warum hasst sie Androiden?»

Diese direkte Frage überraschte Alex. «Ihre Eltern und ihr Bruder wurden bei einem Verkehrsunfall getötet, bei dem sie schwer verletzt wurde. Ihr Roboter, der den Wagen fuhr, war schuld daran. Ich selbst kannte die Androidin. Lizzy war sehr nett, wenn auch ein bisschen zu direkt gewesen. Rima hat sie als Kind geliebt.»

Rima kam zurück und Alex verstummte. Jim zog sich in die Küche zurück.

«Rima ... wie ... geht es dir? Und diesmal bitte die Wahrheit! Kannst du gut schlafen?» Alex musterte sie besorgt.

Die junge Frau sah finster zur Küche herüber. «Hat er dir etwas gesagt?»

«Rima!» Alex ergriff die Hand ihrer Freundin. «Hier geht es nicht um ihn, sondern um dich! Du solltest einmal zur Psychologin gehen, meinst du nicht?»

Diese schüttelte den Kopf. «Zeit ist alles, was ich brauche. Ich komme schon allein klar.»

«Das sehe ich.» Ihre Freundin lehnte sich zurück und betrachtete Rima nachdenklich. Schließlich setzte sie erneut an. «Wie wäre es dann heute Abend? Das Nachtkriecher, so wie früher?»

Die junge Frau lächelte plötzlich. «Gerne! Ich brauche dringend einen Tapetenwechsel.»

«Dann ist es abgemacht.» Alex rutschte von ihrem Stuhl herunter. «Wir treffen uns dort so gegen 19 Uhr? Ich muss vorher noch bei meinen Eltern vorbei.»

«Abgemacht.»

1 0

Rima wusste, dass sie zu viel getrunken hatte. In dem Moment, als sie wie früher beisammensaßen, fühlte es sich so gut an, mit Alex über alles reden zu können, dass sie den Alkohol viel zu spät gespürt hatte. Die beiden waren an diesem Abend nicht allein geblieben und so kam es, dass Rima eine Begleitung mit nach Hause brachte. Finn war nicht unbedingt ihr Typ gewesen, aber darauf kam es ihr im Moment nicht an. Rima wollte sich ablenken und einfach etwas Spaß haben. Nichts anderes. Sie stolperten gemeinsam den Flur entlang, lachten ausgelassen und küssten sich. Dabei ließ ein flüchtiges Bild Rima für einen kurzen Moment innehalten. Für eine Sekunde hatte sie gedacht, Jims Gesicht im Spiegel der Garderobe aufblitzen zu sehen, aber da musste sie sich wohl getäuscht haben. Es wäre sowieso unwichtig gewesen. Rima zog Finn die Treppe hinauf und die beiden verschwanden in ihr Zimmer. Es dauerte nicht lange, da lagen sie zusammen eng umschlungen auf ihrem Bett. Als er begann, an ihrem BH herumzufingern, wurde ihr plötzlich zusehends unwohler. Es war, als würde sie nicht mehr richtig Luft bekommen. Panik machte sich in Rima breit.

«Finn, warte! Ich …»

«Hm …»

«Finn! Es … Es geht nicht, tut mir leid. Geh runter von mir.»

«Wie? Nichts da … Vor ein paar Sekunden wolltest du es doch noch …»

Sie versuchte panisch, sich unter dem jungen Mann hervor zu winden. Ihr Atem ging stoßweise. «Ich meine es ernst! Geh runter von mir!»

Plötzlich war sie von ihm befreit. Die junge Frau schaute sich verdutzt um. Noch immer hatte sie Schwierigkeiten zu atmen.

«Sie hat gesagt, dass sie es nicht will.»

Jim stand auf einmal im Raum und drückte Finn gegen die Wand. «Jim! Lass ihn … Lass ihn los …»

Er sah zu ihr herüber, und seine goldenen Augen weiteten sich. Achtlos ließ er den jungen Mann fallen, der plötzlich auf einen Schlag wieder nüchtern wirkte und panisch aus dem Zimmer stürmte. Jim kniete sich mit Sorge im Blick zu ihr aufs Bett und betrachtete ihre blauen Lippen. Rima begann, unkontrolliert nach Luft zu schnappen. Der Android rannte plötzlich aus dem Zimmer und kam kurzerhand mit einer Papiertüte zurück. Er presste die Öffnung gegen ihren Mund. Die junge Frau war bereits zu kraftlos, um sich dagegen zu wehren. Die Tüte blähte sich auf und zog sich unter ihrer panischen Atmung wieder zusammen. Doch dann, langsam, beruhigte sie sich wieder. Jim hob sie an und trug sie nach unten ins Wohnzimmer. Er legte sie sanft auf das Sofa ab. Rima war zu erschöpft, um irgendeine Reaktion zu zeigen. Wenige Sekunden später klingelte es an der Tür. Von einem Schlag auf den anderen sah sich Rima umringt von Sanitätern. Routiniert kontrollierten sie ihre Vitalwerte. Die junge Frau ließ alles stumm über sich ergehen. Eigentlich fühlte sie sich mittlerweile wieder recht gut. Die plötzliche Atemnot war komplett verschwunden. Der Sanitäter nickte zufrieden.

«Es war genau richtig, was du getan hast, Jim. Bei einer Hyperventilation hilft es, mit dem Einatmen des eigenen CO_2, den Druck in der Lunge zu stabilisieren.» Der Mann sah zu ihr herüber. «Rima, richtig? Hattest du schon einmal so einen Anfall gehabt?»

Die junge Frau schüttelte den Kopf. «Nein, noch nie.»

«Bist du momentan großem psychischen Stress ausgesetzt? Oder hast du andere Krankheiten?»

Sie zögerte zu antworten. Jim ergriff für sie das Wort. «Sie hat erst vor Kurzem ihre gesamte Familie verloren.»

Rima sah den Androiden wütend an, als hätte er gerade ein wohlgehütetes Geheimnis verraten. Der Sanitäter nickte.

«Das tut mir sehr leid, Rima. Du solltest dich einmal im Krankenhaus durchchecken lassen, alles klar? Ich sehe es nicht als notwendig an, dich heute Abend mitzunehmen, wenn du mir versprichst, gleich morgen einmal selbst hinzugehen.»

Die Patientin nickte artig und der Mann, zusammen mit seinem Sanitätsandroiden, packten ihre Sachen und gingen hinaus. Jim begleitete sie zur Tür. Als er zurückkam, lag Rima ausgestreckt auf der Couch und starrte zur Decke.

«Hast du uns belauscht?» Sie sah ihn mit einem durchdringenden Blick an. Der Android schüttelt den Kopf.

«Ich habe nicht gelauscht. Ich höre einfach ziemlich Gut, besser als ein Mensch.»

Sie starrte ihn wütend an.

«Habe ich einen Fehler gemacht?»

«Deine ganze Existenz ist ein Fehler.» Sie richtete sich auf. Eine unangenehme Stille folgte. Schließlich nickte Jim und machte Anstalten, aus dem Raum zu gehen.

«Aber trotzdem … Danke. Ich dachte schon, ich sterbe.»

Der Android sah überrascht zu ihr herüber. Plötzlich wurde Rima unglaublich übel. Sie sprang auf, rannte an Jim vorbei, ins Badezimmer. Die Laute, die danach zu hören waren, ließen keinen Zweifel offen, dass sie sich gerade erbrach. Sie spürte, wie ihr jemand die langen Haare hielt und ihr sanft die Hand auf den Rücken legte. Bevor sie sich erschöpft neben der Toilette zusammenkauerte, wunderte sie sich noch, wie heiß sich die Hand des Androiden durch den Stoff ihres T-Shirts angefühlt hatte.

Rima erwachte am nächsten Morgen in ihrem Bett. Ihr Kopf brummte furchtbar und tat weh, als hätte man ihm mit einem Auto überrollt. Als sie sich herüberbeugte, um mit zusammengekniffenen Augen die Uhrzeit auf ihrem Wecker abzulesen, fiel ihr das Bild auf, das wieder zurück auf ihrem Nachttisch stand. Es zeigte sie und ihren Bruder als Kinder, zusammen mit ihren Eltern, bei einem Wanderausflug. Sie griff danach und betrachtete es nachdenklich. *Es ist das Bild, dass ich gegen die Tür geworfen hatte. Jim muss einen neuen Rahmen dafür gekauft haben.* Ihr Magen verkrampfte sich und sie legte das Bild mit der Vorderseite nach unten zurück auf den Tisch. Als Rima sich aufsetzte, zuckte erneut ein Blitz durch ihren Kopf. Sie schwor sich in diesem Moment, nie wieder so viel zu trinken. Den säuerlichen Geschmack in ihrem Mund, spülte die junge Frau mit einem Glas Wasser herunter, das jemand für sie bereitgestellt hatte.

Schlurfend und mit zerzausten Haaren machte sie sich auf den Weg ins Bad. Nach einer heißen Dusche und mit geputzten Zähnen, fühlte sie sich deutlich besser. Unten wartete ein Frühstück auf sie, das konnte sie bereits auf dem Weg dorthin riechen. Es gab Spiegelei und Brot. Als Rima sich setzte, eilte Jim herbei und wünschte ihr einen guten Morgen. Sie zuckte zusammen.

«Haben wir Kopfschmerztabletten im Haus?»

Der Android nickte und verschwand wieder in der Küche. Er kam mit einem Glas Wasser und einer Packung Aspirin zurück. Nachdem die junge Frau die Tablette mit einem großen Schluck heruntergespült hatte, bekam sie unter Jims forschendem Blick ein schlechtes Gewissen.

«Normalerweise trinke ich nicht so viel. Irgendwie … ist gestern Abend alles aus dem Ruder gelaufen …»

«Ich kann nicht verstehen, warum Menschen sich freiwillig vergiften. Warum tut ihr das?»

Rima zuckte mit den Achseln. «Natürlich ist das für dich nicht zu verstehen, du bist schließlich ein Roboter. Aber als Mensch hat man manchmal das Bedürfnis, die Kontrolle zu verlieren - sich gehen zu lassen und nicht mehr über den ernst der Dinge nachdenken zu müssen.»

Jim bekam große Augen. «Wie fühlt sich das an?»

Sie sah nachdenklich zu ihm herüber. «Warum willst du das wissen?»

«Ich werde niemals erfahren, wie sich der Konsum von Alkohol, oder der jeder anderen Droge anfühlt. Mein anorganischer Körper ist dagegen vollkommen immun. Wenn ich diese Erfahrung schon nicht selbst erleben kann, will ich wenigstens erzählt bekommen, wie es ist.»

Rima lachte unsicher auf. «Das klingt ja fast schon, als würdest du gerne ein Mensch sein wollen.»

«Vielleicht», flüsterte er und die junge Frau wurde auf einen Schlag wieder ernst.

«Menschen sind nicht beneidenswert, Jim. Sie leben ihr Leben, machen eine Menge Dreck und sterben. Daran ist nichts Erstrebenswertes. Du bist nahezu unsterblich und wirst nie altern. Es gibt viele Menschen, die dich darum beneiden würden.»

Er dachte für ein paar Sekunden nach, dann sah er ihr Ernst in die grün-braunen Augen. «Tust du es?»

«Was?» Sein intensiver Blick war Rima unangenehm.

«Beneidest du mich?»

Eine Pause entstand, dann schüttelte die junge Frau entschieden den Kopf. «Nein. Aber ich würde mich gerade auch nicht zu den Lebenden zählen.»

Erneut machte sich ein verwirrter Ausdruck auf seinem Gesicht breit, aber bevor er eine weitere Frage stellen konnte, stand Rima auf und ging wortlos davon.

An diesem Nachmittag war die junge Frau mit ihrem Auto unterwegs ins Krankenhaus. Die Straßen waren frei und sie kam schnell voran.

«Ich bin froh, dass ich deinen Kontrolltermin auf heute verschieben konnte, dadurch müssen wir nicht wegen zwei Untersuchungen, zweimal hierherfahren. So sind wir deutlich effizienter!»

Rima seufzte nur. «Und warum musstest du eigentlich mitkommen? Ich hätte das auch allein erledigen können. Ich bin kein Kind, dass man beaufsichtigen muss.»

Er sah zu ihr herüber und lächelte leicht. «Das weiß ich. Aber da du dich weigerst, autonom zu fahren oder mich ans Steuer zu lassen, muss jemand dabei sein und aufpassen. Es besteht immerhin die Gefahr, dass du einen weiteren Anfall bekommst.»

Die junge Frau rollte genervt mit den Augen. «Wie überaus rücksichtsvoll den anderen Verkehrsteilnehmern gegenüber!»

«Ich mache mir auch Sorgen um dich.»

«Danke, aber ich verzichte.»

Rima bog in die Einfahrt des Krankenhausgeländes ein, parkte und stieg aus. Jim lief schweigend neben ihr her. Doch plötzlich, blieb Rima abrupt vor dem Eingang des Gebäudes stehen und starrte unsicher auf die Türschleuse. Panik kam in ihr auf und Schweiß brach auf ihrer Stirn aus, als sie auf einmal von unscharfen Erinnerungsfetzen eingeholt wurde. Der Android drehte sich zu ihr um, erkannte ihren erhöhten Herzschlag und sah die Angst in ihren Augen.

«Rima? Ist alles in Ordnung? Soll ich Hilfe holen?»

Die junge Frau atmete ein paar Mal konzentriert ein und aus.

«Nein, ich … Es geht schon.»

Es dauerte eine Weile, bis Rimas Name aufgerufen wurde. Als sie aufstand, um dem Pflegeandroiden in das Behandlungszimmer zu folgen, sah sie aus dem Augenwinkel, dass Jim sich ebenfalls erhoben hatte. Ein wütender Gesichtsausdruck und ein Kopfschütteln reichten aus, um ihn wieder auf seinen Platz zu setzen.

Während der Android auf seine Besitzerin wartete, sah er sich neugierig in dem weißen Raum um. Die meisten Leute, die hier warteten, waren alt und grau. Er erinnerte sich wieder an das Gespräch, das er heute Morgen mit Rima geführt hatte, und analysierte es, kam jedoch auf kein ihn zufriedenstellendes Ergebnis. Sein Blick fiel schließlich auf den Getränkeautomaten, in dem unter anderem grüner Tee verkauft wurde. Jim erhob sich und lief zu der Maschine herüber.

Die Ärztin zeigte Rima gerade ein Bild ihrer Röntgenaufnahme, als Jim plötzlich in den Behandlungsraum trat. In Sekundenschnelle erfasste er die Aufnahme, noch bevor ihn die beiden Menschen bemerkten. Diese zeigte Rimas Knochenstruktur. Es fiel ihm auf, dass die rechte Seite ihres Körpers aus einem dichteren Material bestand als die linke. Die Suche im Internet ergab, dass es sich um eine mit Glas ummantelte Metallstruktur handelte.

Die Ärztin blickte auf und die junge Frau folgte seinem Blick.

«Gehört der junge Mann zu Ihnen?»

Rima seufzte genervt. «Leider ja. Das ist mein Android.»

«Oh!» Die alte Frau setzte sich ihre Brille auf der Nase zurecht. «Ah ja. Für einen Moment habe ich ihn für einen Menschen gehalten. Er kann sich setzen, wenn er möchte.»

«Nein. Ich will ihn hier nicht haben.» Sie sah zu dem Androiden herüber. «Warte draußen auf mich.»

Jim nickte stumm, stellte den gekühlten Tee vor Rima ab und verließ den Raum.

Nach einer Weile schritt die junge Frau durch die Glastür des Krankenhauses nach draußen, wo er bereits auf sie wartete. Ohne etwas zu sagen, stieg sie in das silberne Auto ein und Jim musste sich beeilen, es ihr ebenso nachzutun.

«Was hat die Ärztin gesagt? Ist alles in Ordnung?»

Die junge Frau sah ihn finster an. «Mit mir ist nichts in Ordnung, das müsste dir doch langsam klar sein! Außerdem dachte ich, dir zu verstehen gegeben zu haben, dass du auf mich warten solltest!»

«Ich dachte, du …»

Sie fiel ihm ins Wort. «Was soll ich mit einem Androiden anfangen, der nicht auf mich hört? Was für ein merkwürdiges Modell! Warum sollte Gaia einen so eigensinnigen Roboter erschaffen?»

Der rothaarige, künstliche Mann senkte den Blick. «Es tut mir leid, wenn ich nicht das tue, was von mir erwartet wird. Es ist alles noch so neu für mich.» Er betrachtete Rimas Körper, der in einem weißen T-Shirt und kurzen Shorts steckte und erinnerte sich an das Bild ihrer Röntgenaufnahme. «Du bist ebenfalls zu einem Teil künstlich, oder? Dir wurden neue, synthetische Knochen gegeben, nicht wahr?»

Rima starrte ihn fassungslos an, dann wieder zurück auf die Straße. Erschrocken trat sie auf einmal auf die Bremse. Fast wäre die junge Frau in ihren Vordermann hineingefahren, der plötzlich abrupt zum Stehen gekommen ist.

«Arschloch», fluchte Rima und sah, dass die Straße vor ihr durch einen Unfall blockiert wurde. Sie musste wenden und die Stelle umfahren. Sie sah erneut zu Jim herüber.

«Mein Körper geht dich nichts an!», knurrte sie nur.

Die junge Frau folgte den Umleitungsschildern, was sich jedoch als deutlich schwieriger erwies, als sie dachte. Nach einer Weile war Rima sich sicher, dass sie sich verfahren hatte. «Das nicht auch noch …», seufzte sie genervt.

«Ich kann uns nach Hause navigieren, wenn du willst.»

Rima blickte ihn ungläubig an. «Warum sagst du das nicht gleich? Dann tu es endlich!»

In ein paar Sekunden hatte Jim das Straßennetz der Stadt vollständig heruntergeladen und die optimale Route berechnet. «Du musst hier links abfahren und dann erst einmal drei Kilometer geradeaus.»

Die junge Frau folgte murrend seiner Anweisung und eine Zeit lang sagte daraufhin niemand etwas. Doch auf einmal stockte Rima. Die Umgebung kam ihr plötzlich so merkwürdig bekannt vor. Als sie in die Nähe einer großen Brücke kamen, beschlich die junge Frau ein eigenartiges Gefühl. *Ich glaube, ich kenne diesen Ort.* Sie bremste abrupt ab und fuhr plötzlich rechts ran. Ohne auf den verwirrten Gesichtsausdruck des Androiden neben ihr zu achten, wendete sie und fuhr in die Richtung des in die Jahre gekommenen und verwitterten Bauwerks. Die Brücke war schwarz und aus mehreren Stahlträgern zusammengeschweißt worden. Bogenförmig lag sie zwischen zwei Ufern. Darunter verlief ein reißender Fluss. Regnerische Tage hatten dessen Wasserstand angehoben, was man an dem überschwemmten Ufer deutlich erkennen konnte. Die junge Frau hielt seitlich auf der Brücke an und stieg hastig aus.

«Rima? Was ist los?» Jim sah ihr einen Moment besorgt hinterher, dann folgte er ihr.

Sofort fegte ein kühler Windstoß durch Rimas Kleider und sie bekam eine Gänsehaut. Während sie stumm den Weg vor ihr betrachtete, legte sich eine unerklärliche Schwere auf ihre Brust. Plötzlich und vollkommen unerwartet blitzte ein Bild in ihrem Kopf auf. Es war ihr Bruder, wie er neben ihr im Wagen saß und gelangweilt Musik hörte. Ihr Vater stritt auf der anderen Seite mit ihrer Mutter. Beide hatten auf dem breiten Beifahrersitz Platz genommen. Am Steuer saß ihr alter Android – Lizzy. Der Gedankenfetzen verblasste wieder. Jim schaute unschlüssig zu Rima herüber, die gedankenversunken vom Gehweg aus auf die Straße starrte. Als der Android an sie herantreten und nach dem Grund ihres nicht geplanten Stopps fragen wollte, fielen ihm die schwarzen Reifenspuren auf, die langsam auf der Fahrbahn verblassten. Die junge Frau verzog ihr Gesicht zu einer schmerzverzerrten Grimasse.

«Es muss hier gewesen sein», flüsterte sie. «Ich bin mir sicher.»

«Was ist hier gewesen, Rima? Was hast du auf einmal?» Jim hörte auf einmal Schritte hinter sich und drehte sich um.

«Haben sie keine Nachrichten gehört?» Der alte Mann, der plötzlich auf dem Gehweg aufgetaucht war, schüttelte bedauernd den Kopf. «Ein schrecklicher Unfall ist hier passiert. Fast alle Menschen, die darin verwickelt waren, sind dabei umgekommen. Anscheinend, weil der Android, der den Wagen fuhr, eine Fehlfunktion hatte.»

Über dem blauen Jogginganzug trug der weißhaarige Senior ein durchsichtiges Regencape. «Wirklich eine tragische Geschichte … Was macht denn die junge Dame da drüben?»

Der Android drehte sich ruckartig um. Er sah die schwarzen Haare im Wind wehen, registrierte, dass es angefangen hatte, leicht zu regnen und dass Rima sich von der anderen Seite der Brücke gestürzt hatte. Es gab keine Sekunde des Zögerns in seinem Programm. Er sprintete los. Übermenschlich schnell hechtete Jim mit einem Sprung über das Geländer.

Rima fühlte sich komplett schwerelos. Als sie so dagestanden und auf den Fluss hinuntergestarrt hatte, war es ihr vorgekommen, als wäre sie endlich nicht mehr allein. *Hier sind sie alle gestorben. Hier hätte auch ich sterben sollen.* Der Gedanke hatte etwas Tröstendes gehabt und begleitet sie, als sie über das Brückengeländer geklettert war. Es fiel ihr überhaupt nicht schwer, einfach loszulassen. Sie musste nur dem Sog nachgeben, der an ihr zerrte, seit sie aus dem Koma erwacht war. *Es ist so einfach. So unglaublich einfach.*

Der harte Aufprall auf die Wasseroberfläche riss sie mit einem Schlag aus ihren Gedanken. Sofort wurde sie von der Strömung erfasst und nach unten in die Tiefe gezogen. Eine eisige Kälte drang mit Tausenden von Nadelstichen auf sie ein. *So einfach ist es wohl doch nicht, zu sterben,* schoss es ihr durch den Kopf. Irgendwann meldete sich ihr Selbsterhaltungstrieb und sie versuchte unkontrolliert nach Luft zu schnappen. Wasser drang brennend in ihre Lunge. Plötzlich bekam Rima Angst. Ihr ganzer Körper begann zu krampfen. Dann wurde sie nach oben gezogen. Als ihr Kopf die Wasseroberfläche durchbrach, wurde die Flüssigkeit wieder aus ihrem Atmungsapparat herausgedrängt. Die junge Frau hustete und spukte Wasser. Erst jetzt bemerkte sie Jim, der sie mit ein paar kräftigen Schwimmzügen ans Ufer brachte. Ein alter Mann stand dort und winkte ihnen heftig zu. Der Android legte sie sanft ins Gras ab und Rima erbrach erneut Flüssigkeit aus ihrer Lunge. Ihr ganzer Körper brannte wie Feuer. Nach einer Weile half Jim ihr, sich aufzusetzen. Der Ausdruck in seinem Gesicht überraschte sie für einen Moment. Sie las Sorge darin, aber auch Wut.

«Mein Gott, Kind, was bringt dich nur auf die Idee, dich von der Brücke zu stürzen! Was für ein Glück, dass dein Androide gleich zur Stelle war, sonst wüsste ich nicht, ob du es lebend dort herausgeschafft hättest!» Der alte Mann sah besorgt erst zu ihr und dann zu Jim. «Sie muss sofort aus den nassen Klamotten raus. Sie zittert ja am ganzen Körper!»

Der Roboter nickte und hob sie mit unglaublicher Leichtigkeit auf seine Arme, dass der Alte in dem blauen Jogginganzug respektvoll zurückwich.

«Soll ich einen Krankenwagen rufen?»

Jim schüttelte den Kopf. «Ich fahre sie. Aber vielen Dank für Ihre Hilfe.»

«Na ja», brummte der Mann, «viel habe ich nicht getan. Aber ich wünsche ihr alles Gute.»

Rima sah, wie das Wasser von seinen nassen, roten Haaren heruntertropfte. *Was er alles schon für mich getan hat, obwohl ich ihn so schlecht behandle. Ein Mensch wäre wahrscheinlich schon längst vor mir davongerannt.* Wieder oben an der Straße setzte er sie auf den Beifahrersitz des Wagens und holte die Rettungsdecke aus dem Kofferraum.

«Ich werde dir die nassen Sachen ausziehen. Ist das in Ordnung?»

Die junge Frau klapperte mit den Zähnen und nickte schließlich. Jim zog ihr das nasse T-Shirt vom zitternden Körper und öffnete den Verschluss ihrer Hose. Rima war das unglaublich peinlich, aber zeitgleich fragte sie sich auch, warum sie sich vor einem Roboter schämte. Nur noch in Unterwäsche, wickelte er sie in die knisternde Rettungsfolie ein.

«Ich fahre dich zurück ins Krankenhaus.»

«Nein! Ich will nicht dahin zurück!», quetschte sie schwer atmend zwischen ihren bibbernden Lippen hervor.

«Rima …»

«Nein! Bitte … Ich will nur noch nach Hause! Bitte, Jim.»

Er sah sie für einen Moment nachdenklich an, dann nickte er langsam. «Also gut.»

Jim machte die Tür zu und stieg auf der anderen Seite des Wagens ein. Während er losfuhr, stellte er, ohne hinzusehen, die Sitzheizung an und drehte die Temperatur im Wagen nach oben. Dann fasste er ihr an die Stirn. Rima genoss die Berührung. Seine Hand fühlte sich unglaublich warm auf ihrer Haut an. Der Android besaß tatsächlich eine eigene Körpertemperatur.

«Deine Temperatur ist etwas niedriger als normal. Aber nicht im kritischen Bereich.» Jim nickte zufrieden und sie fuhren davon. An Rima rauschte unbemerkt die Landschaft vorbei, während sie mit leerem Blick vor sich auf das Armaturenbrett starrte. Keiner der beiden sagte etwas. Endlich zu Hause angekommen, parkte der Android den Wagen in der Garage und stieg hastig aus, um ihr zu helfen. Rima winkte jedoch ab.

«Es geht schon Jim, ich kann selbst laufen.»

Er begleitete sie dennoch bis nach oben in ihr Zimmer. «Du solltest dir trockene Kleidung anziehen und dich ins Bett legen.»

Sie sah zu ihm hoch und nickte. «Du auch, Jim. Du triefst immer noch.» Rima zog die knisternde Folie enger um ihren Körper und schloss schnell die Zimmertüre vor seiner Nase. Sie lauschte, bis sie sicher war, dass der Android auch wirklich gegangen war, dann streifte sie sich die Decke vom Körper und entledigte sich mit zitternden Fingern ihrer feuchten Unterwäsche. Rima nahm das Erste, was sie im Kleiderschrank fand, und schlüpfte schließlich in eine schwarze Jogginghose und einen grauen Pullover. Nachdem sie ihre Haare mit einem Handtuch abgetrocknet hatte, kuschelte sie sich schnell unter ihre Bettdecke. Der jungen Frau fiel dabei ein, dass eine heiße Dusche ihr vielleicht besser die Kälte aus den Gliedern getrieben hätte, aber irgendwie kam ihr der Weg zum Bad gerade unglaublich weit vor. Und Jim wollte sie nicht fragen. Schon aus Prinzip nicht. Also blieb ihr nichts anderes übrig, als ruhig dazuliegen und abzuwarten, bis ihr endlich wärmer werden würde. *Ich hätte jetzt auch tot sein können*, kam ihr der Gedanke. *Ist es das, was ich möchte?* Fassungslos starrte Rima zur Decke. Auf der Brücke kam ihr der Tod wie ihr einziger Ausweg vor. Doch jetzt war sie sich da nicht mehr so sicher.

An diesem Ort war ihr alles wieder eingefallen. Der Tag, an dem der Unfall stattgefunden hatte. Der Moment vor dem Aufprall - bevor ihr Haushaltsandroid Lizzy plötzlich die Kontrolle über den Wagen verloren und auf die Gegenfahrbahn geraten war. Wie die Welt auf einmal um sie herum in tausend Einzelteile zusammenbrach, als die Limousine ihrer Eltern in das ihnen entgegenkommende

Auto krachte. All das war auf sie eingeprasselt, hatte sie heruntergezogen, in die Tiefe.

Das plötzliche, rhythmische Klopfen an der Tür ließ Rima auf einmal aus ihren Gedanken aufschrecken.

«Ja?»

Jim kam herein, mit gewechselten Klamotten und zerzaustem, rotem Haar. Er trug eine große Tasse Tee und stellte sie auf ihrem Nachttisch ab. Die junge Frau konnte sehen, dass sein Blick für einen Moment an dem umgelegten Bilderrahmen hängen blieb.

«Wie fühlst du dich?»

Rima zögerte kurz, doch dann antwortete sie: «Mir ist immer noch schrecklich kalt. Es wird einfach nicht wärmer.»

Jim legte erneut seine Hand auf ihre Stirn. Sie genoss ein weiteres Mal die Hitze, die davon ausging.

«Wie kommt es, dass du Körperwärme besitzt, Jim? Ich habe nicht gewusst, dass ein Android so etwas kann.»

Er zog die Hand fort, bevor er ihr antwortete. «Ich kann meine Körpertemperatur beliebig einstellen. Eine weitere Fähigkeit, die ich meinen Geschwistern voraus bin. Ein Mensch fühlt sich wohler, wenn sein gegenüber nicht kalt, wie ein lebloses Objekt ist, sondern eine ähnliche Körpertemperatur, wie er selbst besitzt. Wenn du willst, kann ich mich zu dir legen und … Rima? Ist alles in Ordnung? Habe ich etwas Falsches gesagt?»

Erst jetzt registrierte die Frau die Tränen, die über ihre Wange strömten. Ein Schluchzen durchfuhr auf einmal den schmalen Körper. Sie konnte Jim ansehen, dass er nicht wusste, was er tun sollte. Und sie wusste es genauso wenig. Rima schüttelte den Kopf.

«Nein, Jim, du hast nichts falsch gemacht. Ich bin einfach zu kaputt. Du solltest dir einen anderen Menschen suchen.

Meine Fehlfunktion kann vielleicht nie wieder repariert werden.» Ein weiteres Schluchzen durchfuhr sie. Zu ihrer Überraschung schüttelte er den Kopf und legte sich dann auf einmal neben sie. Sofort konnte Rima die wohlige Wärme spüren, die von ihm ausging. Er musste seine Temperatur für sie um ein paar Grad gesteigert haben. Jim war wie eine menschengroße Wärmflasche. Zitternd und mit laufender Nase rutschte Rima langsam näher an ihn heran, bis sie so nah war, dass sie ihre Stirn an seine Brust anlehnen konnte. Während sie ihren Tränen freien Lauf ließ, legte er vorsichtig den Arm um sie.

«Es tut mir leid», murmelte sie nach einer Weile in sein T-Shirt.

«Was tut dir leid?»

«Alles», sagte Rima und schloss erschöpft die verheulten Augen.

Als die junge Frau wieder erwachte, war ihr unglaublich heiß. Lange konnte sie nicht geschlafen haben, denn das Licht der Abendsonne schien durch ihr Zimmerfenster. Rima sah schwitzend zu Jim, der mit geschlossenen Augen neben ihr lag. Zögerlich betrachtete sie sein attraktives Gesicht. Ein komisches Gefühl machte sich dabei in der jungen Frau breit, dass sie nicht richtig einordnen konnte. Sie tippte vorsichtig gegen seine Wange. Die synthetische, hellgraue Haut fühlte sich überraschend echt an. Als er nicht reagierte, setzte sich Rima irritiert auf. *Er wirkt fast so, als würde er träumen.* Sie schüttelte den Kopf. *Ich wusste noch nicht einmal, dass sie schlafen können. Oder ist das nur sein Stand-by Modus?* Sie strich ihm durch seine roten Haare. *Er fühlt sich so echt an. Fast könnte man vergessen, dass er ein Roboter ist. Sie werden uns immer ähnlicher.* Plötzlich fuhr die Hand des Androiden nach oben und packte ihr Handgelenk. Rima zuckte erschrocken zusammen. Er öffnete die Augen und starrte sie fragend an.

«Was tust du da?»

Sie sah peinlich berührt zur Seite. «Ähm ... Nichts, wieso? Könntest du mich wieder loslassen?»

Sofort öffnete er die Hand und Rima war wieder frei. «Tut mir leid. Ich bin eingeschlafen.»

Also doch ... «Du schläfst? Jetzt sagst du mir gleich, dass du auch noch Träumen kannst.»

Jim setzte sich auf und zuckte die Achseln. «Wenn ich ruhe, verarbeitet mein Prozessor meine Erlebnisse und analysiert sie. Das dient dazu, dass ich besser lerne. Und ich lösche unnötige Dateien in meinem Speicher oder komprimiere sie. Es ist vielleicht ähnlich dem Träumen, aber nicht dasselbe.»

Sie nickte nur und griff nach dem kalten Tee auf ihrem Nachttisch.

«Ich kann dir einen Neuen machen, wenn du möchtest.»

Die junge Frau schüttelte den Kopf. «Nein, danke. Er ist genau richtig. Mir ist gerade so warm, dass ich jetzt eher wieder eine Abkühlung bräuchte.»

Jim musterte Rima nachdenklich. «Ich habe eine Frage ...»

Sie sah überrascht auf. «Was willst du wissen?»

Unter seinem forschenden Blick wurde ihr langsam mulmig zu Mute. «Jim?»

«Ich glaube, du wirst wütend werden, wenn ich sie dir Stelle.»

Rima seufzte und stellt die Tasse wieder zurück. «Nun sag schon.»

Er richtete sich auf. «Warum hast du das heute getan, Rima? Warum bist du von der Brücke gesprungen?»

Sie zog die Augenbrauen zusammen und Jim wendete unsicher den Blick ab. «Ich wusste, ich hätte nicht fragen sollen. Ich lasse dich wohl besser allein.» Als er sich zum Gehen abwenden wollte, schüttelte die junge Frau den Kopf. «Nein, ist schon in Ordnung. Ich weiß selbst nicht genau warum. In diesem Moment war ich davon überzeugt, das einzig Richtige zu tun. Ich wollte zu meiner Familie … Ich wollte, dass der Schmerz aufhört … Verstehst du das?»

In der Mimik des Androiden arbeitete es. «Weil du deine Familie vermisst? Wolltest du dich deshalb umbringen?»

«Es ist einfach ausgedrückt, aber ja. Ein Grund dafür war sicher meine Einsamkeit.»

Er nickte. «Ich habe noch nie jemanden verloren, der mir wichtig ist. Es fällt mir schwer, zu verstehen, was du sagst. Ich kenne Werke von Menschen, von Philosophen und Literaten über diese Thematik. Aber, ich verstehe sie nicht wirklich. Warum verliert jemand den Willen zu leben? Warum zieht er es vor, nicht zu existieren?»

Rima zuckte mit den Achseln. «Wenn das Leben selbst nicht lebenswert erscheint. Vielleicht, weil man die Achtung davor verliert.»

Jim sieht nachdenklich zu ihr herüber. «Ich glaube, ihr Menschen versteht selbst nicht, was es bedeutet, zu existieren. Sonst würdet ihr damit nicht so leichtfertig umgehen.»

Rima fuhr sich mit der Hand durch ihr schwarzes, zerzaustes Haar. «Glaubst du denn, dass du ein lebendes Wesen bist?»

Der Android legte den Kopf schief. «Ich bin mir meiner eigenen Existenz bewusst. Auch wenn ich anders bin, qualifiziert mich das doch am einfachsten dafür, dass ich lebe, oder nicht?»

«Aber woher weißt du, dass du wirklich existierst?»

«Wie könnt ihr euch denn sicher sein?»

Die junge Frau sah ihn ratlos an. Sie wusste darauf keine Antwort.

42

1 1

Rima war gerade in ihrem Zimmer und las ein Buch, als es plötzlich an der Tür läutete. Sie hörte, wie Jim unten zum Eingang lief, um ihren Gast zu begrüßen.

«Frau Jenks! Ich bin froh, dass sie so kurzfristig Zeit hatten. Kommen sie rein!»

Es war eine dunkle, rauchige Stimme, die antwortete: «Normalerweise mache ich keine Hausbesuche. Aber hier scheint es mir wohl nicht anders möglich. Ich bin froh, dass du mich angerufen hast, Jim.»

Die junge Frau glaubte, sich verhört zu haben. *Das kann doch nicht wahr sein! Dieser ... Dieser verdammte Roboter hat die Psychologin angerufen? Und sie hierher eingeladen*?!

Es dauerte nicht lange, da klopfte es an ihrer Tür.

«Hau ab!» Rimas Stimme klang wütend.

«Kann ich hereinkommen? Bitte.»

«Nein! Ich will nicht mit der Psychologin reden, also lass mich in Ruhe!»

Als Jim vorsichtig die Tür öffnete, und den Kopf hineinsteckte, warf Rima ihm ihr Buch an die Stirn. Es prallte von seinem Kopf ab und landete mit dem Einband nach oben auf dem grauen Teppichboden. Verblüfft starrte der Android darauf, beugte sich herunter und hob es schließlich auf. Vorsichtig fuhr er mit den Fingern über den Buchtitel.

«Ich habe noch nie ein Buch aus Papier gesehen», sagte er fast schon ehrfürchtig.

«Schön für dich, und jetzt raus!»

Er las den Buchtitel laut vor. «*Karl Jaspers – Psychologie der Weltanschauung*. Ein interessantes Werk.»

Sie überkreuzte die Arme vor der Brust und atmete entnervt aus. «Du kannst es behalten, wenn du mich dafür in Ruhe lässt!»

Für einen Moment sah es so aus, als würde er wirklich ernsthaft über das Angebot nachdenken, doch dann schüttelte er den roten Haarschopf. «Gehe runter zu Frau Jenks und rede mit ihr, Rima. Sie hat den weiten Weg extra für dich auf sich genommen. Du solltest sie wenigstens einmal begrüßen.»

Die junge Frau verzog den Mund zu einem sarkastischen Lächeln. «Ich weiß genau, was du vorhast, Jim.»

«Ach ja?»

«Du willst mir ein schlechtes Gewissen machen.»

«Funktioniert es?»

Mit düsterer Miene lief Rima langsam die Treppe hinunter und ging ins Wohnzimmer. Der Android schlich sich währenddessen an der jungen Frau vorbei und ging nach draußen, um die beiden Menschen bei ihrem Gespräch nicht zu stören.

Frau Jenks war gekleidet in einen dunklen, modischen Hosenanzug. Mit einem viel zu stark geschminkten Gesicht, dass ihr wahres Alter zu schätzen unmöglich machte, saß sie auf der mit hellem Stoff bezogenen Couch. Ihr Haar war braun gefärbt und zu einer strengen Frisur hochgesteckt.

«Hallo», sagte sie.

«Hallo», antwortete Rima missmutig. »Sie sind also die Psychologin.»

«War das eine Frage?»

«Nun, Germanistin sind sie schon einmal nicht.»

Frau Jenks grinste und deutete auf den Platz ihr Gegenüber. «Ich habe schon gehört, dass du nicht auf den Mund gefallen bist. Bitte setzt dich doch, Rima.»

Das wirst du mir büßen, Jim. «So? Vielen Dank, dass ich auf meiner eigenen Couch Platz nehmen darf.»

«Nein, das ist heute mein Behandlungszimmer.»

«Und wer sagt das?»

«Mein hippokratischer Eid» Sie überschlug die Beine übereinander. «Bitte, Rima. Nur zehn Minuten.»

Die junge Frau seufzte und ließ sich schließlich widerwillig auf den ihr zugewiesenen Platz nieder.

«Also schön. Ich setze den Timer.» Sie holte ihr Handy hervor und startete den Countdown.

Die Psychologin nickte. «Was tust du so den ganzen Tag? Verkriechst du dich die ganze Zeit oben in deinem Zimmer?»

Überrascht von ihrer Direktheit, nickte die junge Frau.

«Was ist mit deinem Studium? Ich habe gelesen, dass du letztes Jahr den Master of Arts angefangen hast. Was ist den dein Hauptfach?»

«Wissenschaftsjournalismus.»

«Hast du vor, nach den Semesterferien wieder hinzugehen?»

Rima zuckte mit den Achseln. «Ich weiß es nicht.»

Frau Jenks notierte sich etwas. «Was ist mit deinen Hobbys? Was hast du vor dem Unfall gerne gemacht?»

«Warum ist das wichtig?»

«Damit ich meinen Job machen kann.»

Die junge Frau verzog den Mund. «Ich habe gerne gelesen. Aber das tue ich jetzt immer noch … Joggen mochte ich, aber jetzt habe ich keine Lust mehr dazu.»

«Du solltest es wieder anfangen.»

«Warum?»

Frau Jenks lächelte. «Du hast Angst, dass du aufgrund deiner Verletzungen und deines Komas nicht mehr so gut bist wie vor dem Unfall. Und das wirst du wahrscheinlich auch nicht sein. Das wäre zumindest jeder normale Mensch. Aber mit genügend Training wird das schon wieder. Wie alt bist du? Anfang 20?»

«Ich bin 24.»

Die Psychologin nickte. «Du bist noch jung. Das holst du schnell wieder auf. Sieh es als deine Hausaufgabe für das nächste Mal an.»

«Das nächste Mal?»

«Ja, ich werde jetzt jede Woche einmal um diese Uhrzeit vorbeikommen.» Sie erhob sich und nickte Rima zum Abschied zu. «Das war es für heute. Bemühe dich nicht, ich finde schon selbst raus.»

Jim kam wieder herein, verabschiedete sich von Frau Jenks und ging neugierig zu Rima herüber.

«Und? Wie war es?»

Die junge Frau sah verärgert zu ihm herüber. «Sie ist entweder furchtbar schlecht oder unglaublich gut. Ich bin mir noch nicht sicher.»

«Wirst du sie nächste Woche wieder treffen?»

Der Timer begann zu piepsen. Rima stellte ihn mit einem Wischen aus.

«Vielleicht», sagte sie und Jim schenkte ihr ein hinreißendes Lächeln. *Manchmal wirkt er fast wie ein richtiger Junge.* Der Gedanke ließ sie einen Augenblick amüsiert grinsen, doch dann wurde die junge Frau schnell wieder ernst. «Du weißt, dass ich wütend auf dich bin. Du hättest sie nicht ohne mein Einverständnis einfach herholen dürfen.»

«Aber Rima, du …»

«Halt die Klappe. Was bist du nur für komischer Android? Was tust du hier eigentlich? Bist du geschickt worden, um mir das Leben schwer zu machen?»

Jim wollte etwas erwidern, aber Rima stürmte bereits nach oben und schlug mit einem lauten Knall ihre Zimmertür hinter sich zu.

Es war Wochenende. Alex hatte Rima zu einer ihrer berühmten Partys bei sich eingeladen, und sie gebeten, Jim mitzubringen. Ihr Freund studierte Robotik an der hiesigen Universität und war ganz aus dem Häuschen, als seine Freundin ihm von Rimas neuem Androiden erzählt hatte. Seufzend hatte Rima eingewilligt. Sie war noch nie gut darin gewesen, Alex etwas abzuschlagen. Rima betrachtete unzufrieden ihr Spiegelbild, wo ihr eine blasse, durchschnittliche Frau in einem schwarzen Spitzenrock und einem dunkelgrünen T-Shirt entgegenblickte. Sie legte etwas Schminke auf und machte sich dann auf den Weg zum Badezimmer. Gedankenverloren ging sie hinein und erstarrte plötzlich. Jim stand dort. Er stieg gerade aus der Dusche. Sie sah ihn an. Ihr Blick streifte ein Tattoo mit dem Code seiner Modellnummer K4H78, das in der Nähe seiner Lenden zu sehen war. Dann wanderten ihre Augen weiter nach unten. Es war nur ganz kurz, aber es reichte aus, dass Jim es bemerkte.

«Ist etwas?», fragte er und lächelte.

Rima schüttelte perplex den Kopf, machte kehrt, und schloss die Tür hinter sich. Peinlich berührt sah sie zur weißen Decke und versuchte, das Bild des nackten Androiden wieder aus dem Kopf zu kriegen. Dann klopfte es auf einmal hinter ihr.

«Jim, eigentlich klopft man nur, wenn man in einen Raum eintreten möchte und nicht generell.»

«Oh», sagte er und verstummte. «Bist du wütend auf mich, Rima? Das gerade macht mir nichts aus, also mach dir keine Gedanken.» Die Stimme des Androiden klang dumpf durch die Tür.

«Wieso sollte ich wütend sein?»

«Weil euch Menschen so etwas oft peinlich ist, oder?»

«Und darüber soll ich wütend sein?»

«Nun ja, es ist eine äußerst alberne Angewohnheit von euch. Ich kann verstehen, dass dich das aufregt.»

Für einen Moment war sie sprachlos.

«Ich bin nicht wütend», entgegnete sie schließlich. «Eher überrascht» *Was zum Teufel sage ich da eigentlich?*

«Überrascht?»

«Egal. Sag mir einfach Bescheid, wenn du fertig bist.»

Mit diesen Worten lief sie mit heißem Gesicht in ihr Zimmer und setzte sich irritiert auf die Kante ihres Bettes. Als es wenig später an die Tür klopfte, sprang Rima sofort auf und öffnete sie. Sie hielt ihre Frage nicht lange zurück. «Warum duschst du, Jim? Warum sollte sich ein Android waschen?»

Er blinzelte überrascht. Jim trug ein dunkelblaues Hemd, eine schwarze Hose und Sneakers. Bei seinem Anblick fiel Rima ein, dass sie noch nie nachgesehen hatte, wo er eigentlich seine Sachen lagerte.

«Ich bin im Bad fertig. Und um deine Frage zu beantworten: Ich staube mit der Zeit ein. Also wasche ich mich.»

Sie sah ihn perplex an. *Das leuchtet irgendwie ein.* Die junge Frau nickte langsam.

«Ich habe auch eine Frage.»

«Ja?»

«Du siehst heute anders aus als sonst. Ist das Make-up?»

«Richtig.»

«Warum trägst du so etwas?»

«Na ja, um etwas hübscher auszusehen, als ich tatsächlich bin, schätze ich. Gefällt es dir?»

Er schüttelte zu ihrer Belustigung den Kopf. «Ich verstehe den Sinn dahinter nicht. Warum siehst du dadurch hübscher aus?»

«Ein Android kann so etwas auch nicht verstehen. Für dich gibt es kein schön oder hässlich.»

Sie wollte an ihm vorbei in den Flur laufen, aber er trat ihr in den Weg »Ich kenne den Unterschied. Jedoch ist für mich weder das eine noch das andere von besonderer Bedeutung.»

Rima verschränkte die Arme vor der Brust. «Das glaube ich gerne. Und jetzt lass mich durch, sonst kommen wir noch zu spät zu Alex' Party.» Sie drückte sich an ihm vorbei und lief eilig ins Bad.

Ihre Freundin wohnte während den Semesterferien in der protzigen Villa ihrer Eltern, die an diesem Tag vollgestopft mit jungen Studenten war. Ihre Erzeuger waren außer Haus und Alex nutzte die Gelegenheit, um sofort wieder einmal richtig zu feiern. Einige der jungen Leute befanden sich draußen, in einem penibel gepflegten Garten und standen in kleinen Gruppen zusammen. Die Musik von drinnen war noch immer deutlich zu hören. Rima stand etwas abseits der Gäste und schlurfte, etwas eingeschüchtert von der Masse an Menschen, an ihrem Cocktail. Nur wenige Meter von ihr entfernt stand Jim, umringt von einer Gruppe Robotik-Studenten, die ihm fasziniert allerlei Fragen stellten. Patrick, der Freund von Alex, war ebenfalls unter ihnen.

«Was ist deine Hauptenergiequelle?», fragte er den Androiden direkt.

Jim lächelte ihm höflich zu. «Meine Energiequelle besteht aus einem Kernfusionsreaktor. Ich kann aber auch auf Solarenergie zurückgreifen.»

Die junge Frau konnte sehen, wie sich einige der Studenten hektisch Notizen machten, und musste amüsiert grinsen. Ihr Blick schweifte daraufhin zu ihrer Freundin und Gastgeberin herüber, die gerade ihre Begrüßungsrunde machte. Alex wurde wohl langsam etwas eifersüchtig auf Jim, den sie blickte währenddessen immer wieder genervt zu Patrick herüber. Irgendwann kam sie mit einem Tablett Kuchen zu den jungen Leuten herübergelaufen.

«Wie wäre es, wenn ihr den armen Jim nicht so belagert und stattdessen etwas Kuchen esst?»

Patrick schüttelte den Kopf. «Das verstehst du nicht! Er ist einfach unglaublich, Alex! Ich hätte nicht gedacht, dass Gaia in der Entwicklung bereits so weit fortgeschritten ist! Deine Freundin kann sich unglaublich glücklich schätzen!»

Rima rollte im Hintergrund mit den Augen. *Wenn du wüsstest*, dachte sie nur.

«Ich würde etwas probieren, vielen Dank!»

Es wurde auf einmal totenstill. Rima verschluckte sich an ihrem Drink und musste husten.

Ihr Android trat vor und nahm ein Stück Schokoladenkuchen in die Hand. Perplex sah Rima, wie er sich das ganze Stück auf einmal in den Mund schob. Er kaute und schluckte.

«Es ist sehr süß. Danke Alex.»

Dieser klappte der Kinnladen herunter. Patrick begann, erst unverständliche, dann irgendwann auch klare Worte zu stammeln. «Du … Du … kannst schmecken? Du kannst tatsächlich etwas essen? Und es verdauen?», fragte er überrascht.

Jim zuckte mit den Achseln. «Ich habe Sensoren, mit denen ich unterschiedliche Geschmäcker in unterschiedlichen Intensitäten wahrnehmen kann. Jedoch habe ich kein Verdauungssystem wie ihr. Ich bin nicht auf eine Nahrungsaufnahme angewiesen. Ich verbrenne es und scheide es aus. Das war's.»

Plötzlich sprachen alle durcheinander und überschlugen sich mit weiteren Fragen. Alex gab auf und kam kopfschüttelnd zu Rima herübergelaufen. «Unglaublich. Hätte ich gewusst, dass er allem und jedem die Show stiehlt, hätte ich dich nicht darum gebeten, ihn mitzubringen.» Sie seufzte schwer.

Rima grinste schadenfroh. «Ich wusste selbst nicht, dass er in der Lage ist, zu schmecken! Unglaublich! Er ist fast wie ein Mensch, findest du nicht?»

Ihre Freundin schnaubte laut. «Das hört sich fast so an, als würdest du ihn doch behalten wollen?»

Ihr lächeln erstarb. «Ich habe nicht den Eindruck, dass ich ihn Besitze. Es kommt mir so vor, als würde er tun, was er will.»

Die blonde Frau lachte. «Ein eigensinniger Android? Das wäre wirklich einmal etwas Neues.» Sie sah wieder zu Jim herüber. «Und er sieht wirklich gut aus. Glaubst du, jemand hat für ihn Modell gestanden?»

Darüber hatte Rima noch nicht nachgedacht. Irgendwie gefiel ihr der Gedanke nicht.

«Nun, zumindest ist er recht gut ausgestattet.» Sie schlug die Hand vor den Mund. Die junge Frau bereute sofort, was sie gesagt hatte. «Das kam jetzt falsch rüber.» Sie sah ihre Freundin unsicher an.

Alex prustete jedoch bereits los und schon bald fiel sie mit ein.

«Rima! Dass ich so etwas mal aus deinem Mund hören würde! Hast du etwa irgendetwas Unanständiges mit ihm gemacht?»

Die junge Frau schüttelte energisch den Kopf. «Nein, habe ich nicht! Mit einem Androiden so etwas zu machen, das ist doch … Ich wusste nicht einmal, dass sie mit Geschlechtsteilen ausgestattet sind!»

«Meine liebe, naive Freundin! Es gibt genug Menschen, die eine sexuelle Beziehung mit Androiden eingehen. Ich selbst kenne welche. Es lockt eben das Unbekannte. Wusstest du das nicht? Es gibt auch Bordelle, die sich nur darauf spezialisiert haben.»

Rima schüttelt energisch mit dem Kopf. «Eben! Das ist nur ein Fetisch und mehr nicht. Sie können keine Gefühle für ihren Partner empfinden. Wer will schon eine derart einseitige Beziehung haben?»

Alex zuckte mit den Schultern. «Wenn es sie glücklich macht, warum nicht?»

«Aber, sie belügen sich doch selbst. Das kann nicht gut gehen.»

Plötzlich wurde ihr Gespräch auf einmal von Jim unterbrochen, der in diesem Moment neben Rima auftauchte.

«Über was redet ihr?», fragte er neugierig. Seine goldenen Augen leuchteten im dämmrigen Licht der Partybeleuchtung schwach.

Während Rima zu einer Antwort ansetzte, sah sie, dass ihre Freundin damit kämpfte, sich ein Lachen zu verkneifen.

«Nichts Wichtiges!», entgegnete sie schnell. «Ich gehe und hole mir noch etwas zu trinken.» Rima flüchtete zur Bar und ließ Jim und Alex einfach hinter sich zurück. Sogleich bestellte sie bei dem Androiden, der den Barkeeper spielte, ein Bier. *Sex mit einem Androiden? Das ist, als würde man mit einer Puppe schlafen. Einer Puppe, die sich zwar bewegen kann und wahrscheinlich darauf programmiert wurde, ein entsprechendes Feedback zu geben. Aber sie bleibt trotzdem ein lebloses Ding.*

«Das war unhöflich, Rima.»

Sie sah ruckartig auf. Jim stand auf einmal neben ihr und sah leicht verärgert aus. Die junge Frau beschloss, es einfach zu ignorieren. «Wie bist du die Robotik-Studenten losgeworden? Ich kann mir nicht vorstellen, dass sie dich kampflos haben ziehen lassen.»

Er schüttelte den Kopf. «Es gab keinen Kampf, außer du bezeichnest ihren Überredungsversuch, mich zu einem Beer Pong-Turnier zu bewegen, als solchen.»

«Das zählt, würde ich sagen.»

Der Barkeeper stellte ihr Getränk vor ihr ab. Rima dankte ihm mit einem nicken. «Was willst du von mir, Jim? Ich kann dir ansehen, dass du mir eine Frage stellen willst.»

«Nun, Patrick meinte, dass du dich glücklich schätzen kannst, dass du mich als deinen Androiden besitzt. Bist du glücklich mit mir?»

«Was?»

«Ich fragte, ob …»

«Ich habe dich schon verstanden.» Sie rieb sich unsicher die Stirn. «Erstens, würde ich nicht sagen, dass du mein Besitz bist. Das habe ich Alex auch schon gesagt. Ich habe dich mehrere Male weggeschickt, aber du bist einfach nicht gegangen. Du hast mich oft genug zur Weißglut getrieben und nicht das gemacht, was ich dir gesagt habe. Es heißt, Androiden wären die Diener und Helfer der Menschen. Nun in Ersterem bist du nicht besonders gut. Aber was Letzteres angeht … Ohne dich, würde ich vielleicht nicht mehr unter den Lebenden weilen. Du hast mir oft geholfen, obwohl ich deine Hilfe nicht verdient habe.» Sie starrte peinlich berührt auf ihr Bier, während sie sprach. «Ich hoffe, das reicht dir als Antwort. Eine andere bekommst du nämlich nicht.» Sie nahm einen großen Schluck. Ein bitterer, aber auch würziger Geschmack verteilte sich in ihrem Mund.

Es dauerte einen kurzen Augenblick, während Jim ihre Antwort verarbeitet hatte. Schließlich nickte er. «Ich werde versuchen, ein besserer Diener zu sein.»

Rima schüttelte den Kopf. «Ich bezweifle, dass du das kannst.»

Sein schmollendes Gesicht ließ ihr kurz die Mundwinkel nach oben zucken.

«Übrigens …»

«Hm?»

«Ich denke nicht, dass eine sexuelle Beziehung mit einem Androiden als einseitig bezeichnet werden kann.»

«Jim! Du hast mich schon wieder belauscht!»

«Und mit mir wäre es sowieso etwas ganz anderes. Ich bin in solchen Dingen viel weiter als die anderen Androiden. Ich bin mir sicher, dass du keinen Unterschied merken würdest.»

Was passiert hier gerade? Rima sah ihn erschrocken an. «Du bist vielleicht gut im Vortäuschen, aber du bist sicher nicht dazu in der Lage, Gefühle für jemanden zu hegen. Und körperliche Anziehung kannst du ebenfalls nicht empfinden. Und Liebe schon überhaupt nicht!» Sie trank alles in einem Zug aus und spürte schnell, wie der Alkohol ihr etwas zu Kopf stieg.

Er schüttelte ablehnend den roten Haarschopf. «Es ist sicherlich nicht das gleiche, aber das heißt nicht, dass ich jemanden nicht attraktiv finden kann. Vielleicht spielt für mich die körperliche Komponente keine so große Rolle wie bei euch, aber das heißt nicht, dass ich keine Erregung empfinden kann. Ich besitze durchaus ein Belohnungssystem. Und wie du schon sagtest, ich wurde erschaffen, um den Menschen zu dienen. Das ist meine Bestimmung, ob ich will oder nicht. Sie ist tief in mir verankert.»

Sie musterte ihn einmal irritiert von Kopf bis Fuß. «Und ich habe mich schon gefragt, warum alle Androiden so unfassbar gut aussehen, dass man sich daneben einfach nur hässlich vorkommen kann. Es ist, damit wir uns vollkommen auf euch einlassen. Irgendwann werdet ihr uns verschlingen. Und wir sind selbst schuld daran.»

Jim wollte etwas erwidern, aber er kam nicht weit. Patrick drängte sich zwischen die beiden.

«Hey, Rima, kann ich mir Jim einmal ausleihen? Nur ganz kurz, ich verspreche es!»

Die junge Frau nickte, froh über die Unterbrechung. «Klar kein Problem! Er steht euch zur Verfügung.»

Der Student zog den geduldigen Androiden kurzerhand mit sich.

Die junge Frau nutzte die Chance zur Flucht und ging wieder zurück in die Villa. Sofort dröhnte ihr beim Eintreten so laute Rockmusik um die Ohren, dass sie die Vibration in ihrem gesamten Körper spürte. Die vielen Studenten tanzten entweder auf der freien Fläche im Wohnzimmer oder standen gruppenweise in der Küche zusammen. Ein paar Weitere saßen auf der Couch. Und sie konnte weit und breit keinen einzigen Androiden entdecken.

Rima atmete erleichtert auf. «Endlich …»

«Was, endlich?»

Sie drehte sich um und erblickte das freundliche Gesicht eines jungen Mannes. Er hatte lockiges, blondes Haar und blaue Augen.

«Endlich habe ich es geschafft, wieder unter Menschen zu kommen», vervollständigte Rima ihren Satz. «Ich bin sehr stolz auf mich."

«Und da stürzt du dich gleich in eine wilde Studentenparty? Du hast ja wirklich Mut, das muss ich dir lassen!»

Rima lächelte. Sie fand den jungen Mann vor ihr eigentlich recht sympathisch und der Alkohol machte sie etwas mutiger als sonst. «Gehörst du auch zu den Freunden von Patrick?»

Er zuckte mit den Achseln. «Freund ist wohl etwas zu viel gesagt. Ich glaube, er hat den gesamten Jahrgang zu der Fete eingeladen. Genau genommen kenne ich ihn nur flüchtig. Ich bin übrigens William.» Er streckte ihr die Hand hin, die sie nach kurzem Zögern ergriff und kurz schüttelte.

«Ich bin Rima, eine Freundin von Alex.» Als sie seinen fragenden Gesichtsausdruck bemerkte, schob sie noch hinterher: «Alex ist die Freundin von Patrick. Ihren Eltern gehört die Villa.»

«Wow, da hat er sich ja eine vermögende Freundin ausgesucht. Ich glaube, mich würde das eher etwas abschrecken.»

«Warum?»

«Na ja, ich bin eher der einfache Typ. Und recht konsumunfreudig.»

«Ach? Na ja, da kann ich dich beruhigen, Alex kommt überhaupt nicht nach ihren Eltern. Und wenn du Glück hast, und Patrick sie den übrigen Abend weiterhin so ignoriert, ist sie bald wieder Single.»

Er lächelte. «Gut zu wissen. Aber eigentlich interessiert mich ihre Freundin mehr.»

Sie sah ihn überrascht an. *Er geht ganz schön ran. An Selbstbewusstsein mangelt es ihm schon einmal nicht. Rima sah* hinter William und bemerkte Jim, der durch die Terrassentür eintrat und sich suchend umsah. Die junge Frau konnte sehen, wie sich die Blicke der Studenten an ihn hefteten, wohin er auch ging. Rima wollte jedoch nicht mit ihm reden. Was wusste ein Android denn schon über menschliche Bedürfnisse? Schließlich hatte sie eine Idee.

«Hast du Lust, mich zu küssen, William?»

Er sah sie überrascht an. «Was? Jetzt gleich?»

Rima sah, dass Jim sie entdeckt hatte. Er blickte zu ihnen herüber. «Willst du nun, oder nicht? Das Angebot erlischt in ein paar Sekunden.»

«Ähm, ja. Okay.»

Die junge Frau beugte sich darauf vor und presste, ohne großen Umschweif, ihre Lippen auf seine. Nach einem kurzen Moment öffnete sie die Augen leicht und sah zu Jim herüber, der plötzlich wie erstarrt dastand. Im nächsten Augenblick drehte er sich um und ging einfach davon. Auf einmal bekam Rima ein schlechtes Gewissen. *Warum?*, dachte sie verwirrt. *Er ist bloß ein Roboter! Ich kann ihn nicht verletzt haben. Außerdem läuft da nichts zwischen uns. Ich wollte nur, dass er mich in Ruhe lässt. Und das habe ich geschafft …* Sie löste sich von dem jungen Studenten, der sie verwirrt musterte.

«Was war das?»

«Ein Test», sagte Rima schnell.

«Und, habe ich bestanden?»

«Es ging dabei nicht um dich.»

Er legte den Kopf schief. «Und mehr willst du mir nicht verraten?»

Die junge Frau grinste. «Nein, tut mir leid.» Sie drehte sich um und ließ den jungen Mann einfach allein zurück. Ohne noch einen Gedanken an ihn zu verschwenden, machte sie sich auf die Suche nach Alex. Rima fand ihre Freundin schließlich aufgelöst draußen am Pool stehen.

«Alex? Was ist los? ... Ist es wegen Patrick?»

Die Freundin wischte sich eine Träne aus dem Augenwinkel und nickte. «Er ignoriert mich schon den ganzen Abend! Ich habe das Gefühl, er interessiert sich nicht für mich ...»

Rima schüttelte den Kopf. «Hast du ihn einmal selbst gefragt?»

Alex zuckte mit den Schultern. «Wie denn? Ich bekomme ja keine Gelegenheit dazu!»

Rima seufzte und wollte gerade einen Vorschlag machen, als sie plötzlich lautes Grölen und anfeuernde Rufe aus dem Haus hinter ihnen hörte. Ihre Freundin sah besorgt zu ihr herüber.

«Was ist denn da los?»

Rima zuckte mit den Schultern. «Keine Ahnung, aber lass uns lieber mal nachsehen.»

Als die beiden Frauen in das Wohnzimmer eintraten, zog Rima scharf die Luft ein. Ein Kreis aus Menschen hatte sich um zwei Gestalten gebildet. Einer der beiden, er hatte lockiges, blondes Haar, tänzelte boxerisch um den anderen herum, als würde er versuchen, ihm gleich einen Schlag zu verpassen. Die betrunkenen Leute drum herum feuerten ihn dabei an. Rima erkannte sofort, dass es sich bei dem anderen Mann um Jim handelte. Er stand ruhig und mit neutralem Gesicht da, folgte aber Williams Bewegungen genau.

«Na, du Schrotthaufen? Mal sehen, wer die besseren Reflexe hat. Du oder ich?» Der Student lallte bereits und hatte eindeutig zu viel getrunken. Rima fasste sich genervt an die Stirn. «Was zum Teufel ... Jim! Lass den Blödsinn und komm her!»

In dem Moment, als der Android sie hörte, und den Kopf zu ihr drehte, griff William plötzlich an. Er landete einen Treffer an Jims Wange. Der Schlag schien diesen jedoch nicht groß zu kümmern, denn er verzog dabei keine Miene. Der Student hingegen schüttelte sich fluchend die schmerzende Hand. Den zweiten Punch fing der künstliche Mann blitzschnell und mühelos mit der Hand ab.

«Lass mich los!», rief William wütend. Rima konnte sehen, dass Jims ruhiges Verhalten den jungen Mann nur noch aggressiver machte. Sie bereute in diesem Moment zutiefst, solch einen Idioten geküsst zu haben.

«Das reicht jetzt!» Die junge Frau drückte sich an den Schaulustigen vorbei und griff William an die Schulter. Dieser blickte nicht einmal auf, sondern schubste sie mit dem Arm beiseite. Der Stoß war nicht stark, jedoch trat Rima beim Zurückweichen auf eine Flasche am Boden und rutschte aus. Sie fiel plötzlich nach hinten und landete unsanft auf dem Hosenboden. Jim war sofort zur Stelle und wollte ihr beim Aufstehen helfen, jedoch trat William ihm dabei in den Weg. Der Student hatte nur Augen für den Androiden und ihren Sturz wohl überhaupt nicht mitbekommen. Jim zögerte kurz, dann stieß er William von sich weg. An sich keine skandalöse Geste, hätte es sich um einen Menschen gehandelt. Bei einem Roboter war sie jedoch undenkbar. Plötzlich wurde es auf einen Schlag, abgesehen von der laufenden Musik, still im Raum. Alle starrten sie auf Jim, der Rima gerade wieder auf die Beine half. Sie sah ihn irritiert an und konnte sehen, dass er fast genauso verwirrt aussah, wie sie sich selbst fühlte.

«Ich glaube, wir gehen wohl jetzt besser», flüsterte Rima und Jim nickte wortlos. Sie warf einen entschuldigenden Blick zu Alex herüber und verließ dann rasch die Party. *Das ist ja Mal richtig scheiße gelaufen!*, dachte sie dabei. Draußen stapfte die junge Frau frustriert die Einfahrt entlang, zu ihrem Wagen.

«Rima, ich glaube, ich sollte fahren. Gib mir die Schlüssel.»

Sie drehte sich um und strafte den Androiden mit einem wütenden Blick. «Was war das gerade, Jim? Was zum Teufel war das?»

«Er hat damit angefangen! Ich hatte ihn nur gefragt, warum du ihn geküsst hast.»

Sie verzog den Mund. «Das meinte ich nicht! Aber, ich wüsste auch nicht, was dich das angeht!»

Er zuckte die Achseln. «Ich war neugierig. Es hilft mir, mein Verständnis von menschlichen Beziehungen weiterzuentwickeln.»

Rima verlor langsam die Geduld. «Erklär mir liebe einmal, wie du ihn schupsen konntest! Du bist doch den Gesetzten der Robotik unterworfen?»

Der Android nickte. «Das bin ich. Aber, ich kann selbst entscheiden, ob ich mich an sie halten möchte oder nicht.»

Sie sah ihn perplex an. «Was? Aber wie kann das sein?!»

«Ich sagte doch bereits, dass ich anders bin. Und jetzt gib mir die Schlüssel!» Er streckte auffordernd die Hand aus.

Rima überkreuzte ablehnend die Arme vor der Brust. «Wieso sollte ich?»

«Weil es unvernünftig wäre, ganz einfach. Du hast dafür zu viel getrunken.»

Die junge Frau wusste, dass er recht hatte. Aber sie wollte nicht nachgeben.

«Nein!»

Jim verzog die Mundwinkel nach unten, dann nickte er. Rima beobachtete überrascht, wie der Android sich wortlos umdrehte, und zu ihrem Auto herüberging. Zu ihrem Entsetzen öffnete er die Motorhaube und fasste zielsicher hinein. Nach einem kurzen Augenblick sprang auf einmal der Wagen an.

«Kommst du?», fragte er und stieg, als wäre es das Normalste auf der Welt, auf der Fahrerseite ein. Rima fluchte laut, setzte sich aber schließlich in Bewegung und setzte sich grummelnd auf den Beifahrersitz. Die ganze Fahrt über sah sie trotzig, wie ein Kind, aus dem Fenster.

«Warum hast du das getan, Rima?»

«Was?»

«Du hast diesen Mann geküsst. Warum?»

«Weil ich Lust dazu hatte. Und jetzt halt die Klappe!» *Und weil du mich so unglaublich nervst,* fügte sie noch in Gedanken hinzu.

«Bist du wütend auf mich?»

Sie gab ihm keine Antwort. Zu Hause angekommen, parkte Jim den Wagen sogleich in der Garage. Noch bevor der Motor ausging, öffnete Rima die Tür und stieg aus. Erst im Flur holte er sie wieder ein.

«Warte!»

Die junge Frau blieb stehen, drehte sich aber nicht um.

«Hasst du mich?»

Sie seufzte und schüttelte den Kopf. «Ich hasse dich nicht persönlich. Ich hasse das, was du bist.»

Rima konnte sich den irritierten Ausdruck auf seinem hinreißenden Gesicht vorstellen. Sie schüttelte entnervt den Kopf.

«Ich würde dich besser küssen, als er es getan hat.»

Sie drehte sich ruckartig um. Jim stand hinter ihr und betrachtete sie mit erster Mimik. Plötzlich bekam Rima Herzklopfen. *Warum?,* fragte sie sich verwirrt. *Er ist nur eine seelenlose Maschine. Warum hat er so eine Wirkung auf mich? Er sieht nur so aus wie ein Mensch. Das darf ich nicht vergessen.*

«Geht es dir gut, Rima? Deine Herzfrequenz hat sich gerade erhöht.» Er sah sie abwartend an.

«Warum willst du das? Für deine Studienzwecke?»

Jim sah zu ihr herüber und fuhr sich mit der Hand einmal durch das rote Haar. Im schwachen Licht des Flurs wirkte seine Haut nicht wie die grau schimmernde Haut eines Androiden. Sie wirkte fast menschlich.

«Ich weiß es nicht.»

«Wie kannst du das nicht wissen?»

«Es ist irgendwie schwer zu beschreiben.»

Rima wusste, dass sie jetzt nach oben gehen sollte. Sie sollte nicht dort stehen bleiben. Sie sollte sich nicht umdrehen und langsam zu dem künstlichen Mann laufen. Und trotzdem tat sie es. Ihr Herz pochte dabei immer schneller und schneller. Rima sah ihn an und wusste, dass sie etwas Falsches tat. Etwas, das sie nicht tun sollte, wenn sie jemals wieder zu ihrem alten Ich zurückfinden wollte. Alles an ihm war nicht echt, und trotzdem fühlte sie sich zu ihm hingezogen. Und obwohl sie wusste, dass sein ganzes Äußeres nur Fassade war, um sich bei ihr einzuschmeicheln, regte sich eine Art Neugier in ihr. Vielleicht war es der Alkohol, vielleicht war ihr mittlerweile auch einfach alles egal. Sie verdrängte jeglichen Gedanken, stellte sich auf die Zehenspitzen und schlang ihre Arme um seinen Nacken. Seine Lippen waren warm und weich. Rima schloss die Augen und Jim drückte sie vorsichtig an sich. Dann öffnete er den Mund und strich mit seiner Zunge sanft über ihre Lippen. Es fühlte sich weder rau noch trocken an. Der Gedanke, dass er tatsächlich so etwas wie Speichel besitzen musste, schenkte ihr eine Gänsehaut. Doch sie konnte sich nicht weiter darauf konzentrieren. Rima bekam weiche Knie. Doch schließlich setzte ihr Verstand langsam wieder ein. *Er hat tatsächlich recht. Er küsst wirklich verdammt gut! Ob er dafür extra recherchiert hat?* Rima konnte sich das irgendwie nur schwer vorstellen. Sie spürte, wie sie immer erregter wurde. *Was tue ich da eigentlich?* Fuhr es ihr auf einmal durch den Kopf. Erschrocken wich sie auf einen Schlag zurück.

Der Android sah sie unsicher an. «Habe ich etwas falsch gemacht?»

Rima drehte sich ruckartig um und rannte wortlos nach oben. In ihrem Zimmer angekommen, ließ sich sofort auf das ungemachte Bett fallen und vergrub den Kopf in ihrem Kissen. «Ich glaube, ich verliere allmählich den Verstand», murmelte sie mit leiser Stimme gegen den weichen Stoff.

1 0 0

Dem darauffolgenden Tag ging sie dem Androiden so gut wie möglich aus dem Weg. Die junge Frau verbrachte die meiste Zeit des Tages allein in ihrem Zimmer und versuchte, sich mit Lesen die Zeit zu vertreiben. Doch irgendwann hielt sie es nicht mehr aus. Rima musste einmal nach draußen. Die Wände um sie herum rückten jede weitere Stunde, die verging, näher an sie heran und die Luft war mittlerweile stickig und abgestanden. Ihr Blick blieb an ihren alten Laufschuhen hängen, die neben ihrer Kommode lagen. *Jim wird mich nicht allein gehen lassen.* Mit diesem Gedanken lief sie zum Fenster herüber und sah hinaus. Der Android hing gerade die Wäsche im Garten auf. *Jetzt oder nie.* Rima zog sich eilig um, schnappte sich ihre Turnschuhe und schlüpfte hinein. So leise, wie es möglich war, schlich sie die Treppe hinunter und verließ ungesehen das Haus. Sofort lief Rima los. Sie beeilte sich, schnell einen Abstand zwischen sich und ihrem zu Hause zu bekommen, damit Jim sie nicht doch noch aufspüren konnte. Aber schon bald musste sie das Tempo drosseln. Viel zu schnell fing ihre Lunge zu brennen an. Mit dem Versuch, sich von ihrer Qual abzulenken, ließ die junge Frau den Blick schweifen. In diesem Moment passierte sie ein altes Gebäude aus Backstein, dessen Hauswand mit frischem Graffiti besprüht worden war. Parolen wie: 'Androiden stehlen unsere Jobs!' Oder: 'Ein Menschenleben zählt mehr als ein Roboter!', standen in bunter Schrift auf dem bröckelnden Putz. Ein flaues Gefühl machte sich beim Lesen in Rimas Magen breit. Sie wusste bereits vor dem Unfall, dass es immer mehr Menschen gab, die durch die Androiden in ihrem Job ersetzt worden waren. Aber die Schmierereien waren damals noch nicht hier gewesen. Langsam und außer Atem, erreichte sie schließlich den Park. Das schöne Wetter hatte viele Leute nach draußen gelockt, doch wenn Rima genauer hinsah, fiel ihr irritiert auf, dass die meisten Menschen zusammen mit einem Roboter unterwegs waren.

Schnell ließ sie die grüne Oase hinter sich und erreichte das Einkaufsviertel der Stadt. Riesige Hologramme und bunte Reklametafeln machten dort Werbung für verschiedenste Arten von Zerstreuungen. Als sie den großen Platz mit dem Denkmal von Isaak Asimov erreichte, merkte die junge Frau langsam, dass sie eine Pause machen musste. Rima setzte sich außer Atem auf eine Stufe direkt vor der Statue und wischte sich erschöpft den Schweiß von der Stirn. Ihr rastloser Blick fiel dabei auf eine große Gruppe von Menschen am anderen Ende des Platzes, die eng aneinandergedrängt zusammenstanden. Polizisten versuchten gerade, den Mob von den übrigen Passanten abzutrennen. Rima sah ihre Schilder, auf denen Anti-Androiden-Parolen standen, und bemerkte die wutverzehrten und müden Gesichter der Demonstranten. Ein derartig großes Ereignis war ihr neu, auch wenn sie bereits in der Vergangenheit immer wieder Aufruhen gegen die Roboter mitbekommen hatte. Nachdenklich betrachtete Rima die aufgebrachten Demonstranten. Sie konnte die Frustration der Leute verstehen, verlor ihre Mutter doch ihren eigenen Job als Verkäuferin an einen Androiden. *Arbeitsplätze werden abgeschafft, andere entstehen neu. Ich frage mich, ob Fortschritt immer nur auf Kosten anderer möglich ist.* Plötzlich bemerkt Rima eine kleine Gruppe von Leuten, die sich etwas abseits der Demonstranten hielten. Die Männer und Frauen pöbelten vorbeigehende Androiden an, die den Fehler machten, ihnen zu nahe zu kommen. Ein Mann aus Gruppe sah plötzlich in ihre Richtung. Einen kurzen Augenblick später, machte er auf einmal seinen Nebenmann auf Rima aufmerksam. Diese schluckte nervös.

«Hey, du da!»

Die beiden kamen näher. «Bist du nicht das Mädchen, das als Einzige den Unfall auf der Denner-Brücke überlebt hat?»

Sie schüttelte nur den Kopf. Sein Kumpel nickte. «Das ist sie! Ich habe ihr Bild im Fernsehen gesehen! Die Familie der Kleinen wurde durch einen Androiden getötet!»

Rima wollte das nicht hören. Nichts davon. Während die Männer weiter auf sie zuliefen, spürte sie auf einmal, wie ihre Atmung immer hektischer wurde. *Nein! Nicht jetzt!* Einen Anfall, hier vor allen Leuten, war das Letzte, was sie riskieren wollte. Plötzlich bemerkte die junge Frau, wie eines der Kamerateams, dass eigentlich die Demonstranten filmen sollte, auf einmal auf sie aufmerksam wurde. Die Frau und der Mann bewegten sich, neugierig geworden durch die Bemerkungen der beiden Demonstranten, nun ebenfalls auf sie zu.

Rima wurde das alles zu viel. Sie spürte eine kalte Panik in sich aufkommen. Plötzlich machte sie auf dem Absatz kehrt und rannte davon. *Das war eine dumme Idee. Ich bin so bescheuert!*

Mit letzter Kraft erreichte Rima wenige Zeit später ihr Wohnviertel. Ihr Atem rasselte und das enge Gefühl in ihrer Brust war kaum noch auszuhalten. Rima strauchelte plötzlich, fiel hin und kam der Länge nach schmerzhaft auf den harten Gehweg auf. Die Panik und das einschießende Adrenalin halfen ihr jedoch schnell wieder auf die Beine. *Ich muss hier weg! Schnell! Sie werden mich einholen!*

«Rima!»

Sie drehte sich erschrocken um. Für einen Augenblick hatte Rima Angst, dass es die Typen von vorhin sein könnten. Doch zu ihrer Erleichterung war es Jim, der auf einmal hinter ihr stand.

«Wo warst du? Ich habe nach dir gesucht! Warum hast du mir nicht gesagt, dass du nach draußen gehst?» Sein Blick fiel auf ihr rechtes Bein. «Du blutest schon wieder. Bist du hingefallen?»

Rimas Knie waren plötzlich wie mit Wackelpudding gefüllt. Die Studentin knickten ein und sank erschöpft auf den Boden des grau gepflasterten Gehwegs unter ihr. Ein Gefühl unglaublicher Müdigkeit machte sich auf einmal in ihr breit. Resigniert sah sie zu dem Androiden auf.

«Bringst du mich nach Hause?»

Der Android sah sie für einen Moment besorgt an, dann nickte er schließlich. Wie selbstverständlich kniete er sich vor Rima ab, damit sie auf seinen Rücken klettern konnte. Huckepack stand er daraufhin mit ihr auf und ging los.

«Du hast dich aus dem Haus geschlichen», sagte er vorwurfsvoll.

«Ich kann nach draußen gehen, wann ich will!»

«Natürlich kannst du das. Glaubst du etwa, ich hätte dich aufgehalten?»

Rima sah ihn peinlich berührt an, sagte aber nichts.

«Da bin ich einmal nicht bei dir und du bist schon wieder verletzt. Ihr Menschen seid so leicht zu beschädigen. Ich verstehe dich einfach nicht, Rima. Aber anscheinend ist das ein generelles Problem.»

Rimas Atmung beruhigte sich langsam. Sie legte ihren Kopf an seiner Schulter ab. «Ich habe mich rausgeschlichen, weil ich dich nicht sehen wollte.»

Der Android erwiderte nichts darauf. Als sie schließlich zu Hause angekommen waren, trug er sie zur Couch herüber, desinfizierte Rimas aufgeschürftes Knie und machte ein Pflaster darauf.

«Ich habe es falsch gemacht, oder?»

Sie wusste sofort, wovon er redete. Erinnerungen an den gestrigen Abend stiegen wieder in ihr auf. *Alex' Party. Der Kuss.*

Rima schüttelte den Kopf. «Ich war diejenige, die einen Fehler gemacht hat. Ich hätte das nicht tun sollen.»

«Warum? Hat es dir nicht gefallen?»

Der traurige Blick, mit dem er sie ansah, ließ ihr Herz plötzlich wieder schneller schlagen. Und sie wusste genau, dass er es bemerken würde.

«Nein, ich …» Sie stockte, als sie sein lächelndes Gesicht sah. Rima wusste nicht warum, aber plötzlich fühlte sie sich unglaublich einsam. Sie sah peinlich berührt zur Seite. Dabei fiel ihr Blick auf den Wäschekorb, der neben dem Eingang stand. Er war bis an den Rand mit feuchter Bettwäsche gefüllt. Blau mit schwarzen Streifen. Rima riss erschrocken die Augen auf.

«Warst du in dem Zimmer meines Bruders?»

«Ja, ich habe …»

«Niemand hat dir das erlaubt!», schrie sie ihn plötzlich an. Rima sprang auf einmal vom Sofa auf und rannte nach oben. Als sie dort im Flur die offene Zimmertür von Adrian sah, blieb sie sofort wie angewurzelt stehen.

Seit dem Tag des Unfalls hatte sie diesen Raum nicht mehr betreten. Rima konnte es einfach nicht über sich bringen, die Präsenz ihres Bruders zu spüren, die dort auf sie warten würde. Die junge Frau hatte das schreckliche Gefühl, der Android hätte den Ort mit seinem Betreten entweiht. Sie machte vorsichtig einen Schritt nach vorne, dann noch einen. Ihr kam es vor, als würde ihr Innerstes dabei mit einem Ruck aus der betäubenden Dunkelheit gezogen werden, in der sie zuvor versunken war. Und je stärker dieses Gefühl wurde, desto schrecklicher fühlte sie sich. Jim war mittlerweile hinter hier aufgetaucht, aber Rima bemerkte ihn nicht. Die junge Frau stand zwischen Tür und Angel und betrachtete starr die vielen Poster an den vier Wänden und den unordentlichen Schreibtisch, auf dem ein alter Computer stand. Sie erinnerte sich, wie oft ihre Eltern mit Adrian über seinen Medienkonsum gestritten hatten. Er war besessen von einem Online-Spiel gewesen. Obwohl er älter war als sie, hatte er noch immer im Haus ihrer Eltern gelebt. Selbst wenn Rima während des Semesters oder in den Ferien zu Besuch kam, hatte sie ihn kaum zu Gesicht bekommen. *Er starb, ohne ein eigenes Leben geführt zu haben. Aber was hätte das auch für einen Unterschied gemacht?*

«Rima?»

Die junge Frau zuckte erschrocken zusammen. Sie hatte die Anwesenheit des Androiden komplett ausgeblendet.

«Das hier ist das Zimmer meines Bruders.», sagte sie traurig und strich über den mit einer Staubschicht bedeckten PC-Bildschirm.

«Du vermisst ihn …»

Rima sah auf. «Das stimmt. Genauso wie meine Eltern. Aber sie werden nie wieder zurückkommen. Und wenn ich ehrlich bin, wünschte ich, dass ich auch nicht mehr hier wäre. Ich habe es versucht. Aber es ist einfach zu schwer. Ich bin … So allein …»

Der Android schüttelte den Kopf. «Du bist nicht allein. Ich kann dir helfen, Rima. Du musst es nur zulassen!»

Sie zeigte ihm ein trauriges Lächeln, dass ihre Augen nicht erreichte. «Was weißt du denn schon davon? Überhaupt nichts!»

Er zog nachdenklich die Augenbrauen zusammen. «Ich habe viel über deine Situation gelesen. Frau Jenks hat mir sehr informative Lektüre gegeben.»

Rima schüttelte den Kopf. «Du hast keine Ahnung, wie ich mich fühle! Du bist ein Android, kein Mensch!»

«Du bist traurig, Rima. Dagegen kann ich nichts tun. Aber ich kann dir helfen, dich nicht so einsam zu fühlen.»

«Dir geht es nicht wirklich um mich! Du handelst so, wie du es tust, weil dein Programm es dir befiehlt. Und du machst einen ziemlich schlechten Job!»

Jim machte einen Schritt auf sie zu. «Ich hätte gehen können. Aber ich wollt bleiben. Bei dir.»

Er machte einen weiteren Schritt und war jetzt so nah, dass sie seine langen Wimpern einzeln betrachten konnte. Plötzlich schnellte Rimas Hand vor und sie gab ihm eine Ohrfeige. Auch wenn sie wusste, dass ihn das wenig störte, gab es ihr ein Gefühl der Genugtuung.

«Betritt nie wieder dieses Zimmer! Und auch nicht das meiner Eltern. Und jetzt geh mir aus den Augen!»

Als er keine Anstalten machte sich zu rühren, drückte sie sich schließlich an ihm vorbei und verließ den Raum. Der Android drehte sich um und folgte ihr.

«Warte, Rima!»

Sie blieb nicht stehen. Jim holte sie schließlich ein und packte sie am Arm. Rima hielt inne und drehte sich wütend zu ihm um.

«Lass mich sofort los!»

Sein Griff lockerte sich, aber stattdessen beugte er sich herab und umarmte sie plötzlich. Etwas perplex, wusste

Rima für einen Moment nicht, wie sie reagieren sollte. Bevor sie etwas sagen konnte, hatte er sich schon wieder von ihr gelöst. Der Blick seiner goldenen Augen hatte etwas Trauriges.

«Es tut mir leid», sagte der Android nur, dann ging er mit hängendem Kopf davon.

Am Abend klopfte er erneut an ihre Zimmertür. Rima seufzte erschöpft. Sie hatte heute bereits ein wahres Chaos an Gefühlen hinter sich gebracht und wusste mittlerweile überhaupt nicht mehr, wie sie Jim gegenüber empfinden sollte. Schließlich antwortete sie.

«Ja?»

Der rothaarige Android trat in ihr Zimmer. «Wir haben Post von Gaia Cooperations erhalten. Soll ich die Nachricht vorlesen?»

Gaia? Was wollen die denn von mir?

«Wirf sie auf den holographischen Bildschirm. Ich will sie selbst lesen.»

Jim nickte und tat wie geheißen. Von einer Sekunde auf die andere erschien die Nachricht vor ihnen. Rima überflog sie rasch, stockte ungläubig und musste noch einmal erneut beginnen.

«Gaia lädt uns beide zu einem Treffen ein? Und sie wollen anscheinend deine Fortschritte überprüfen ...»

«Wirst du hingehen?», fragte Jim vorsichtig.

Sie sah ihn verstimmt an. «Wieso sollte ich? Ich habe nie etwas von ihnen gewollt. Was kümmert mich Gaia?»

«Rima ...»

«Was?»

«Es geht doch nur um ein Treffen. Und ich würde gerne dorthin gehen. Meine ersten Erinnerungen stammen von diesem Ort.»

«Das ist mir doch egal. Wenn du es so sehr willst, kannst du doch allein gehen.»

«Und wer passt dann auf dich auf?» Der Android lächelte vorsichtig.

Die junge Frau überkreuzten ablehnend die Arme vor der Brust. «Wirklich witzig, Jim. Wo ist dieser Firmensitz überhaupt?»

«Er ist ungefähr 12 Kilometer von hier entfernt. Sie schicken einen Wagen, der uns abholt.»

«Wie nett von ihnen.»

«Komm schon, Rima. Ich würde dir gerne den Ort zeigen, an dem ich erschaffen wurde.»

Die junge Frau bemerkte genervt, wie ihr Widerstand langsam bröckelte. Sie seufzte: «Also schön, ich überlege es mir …»

Jim blickte sie hoffnungsvoll an. «Danke.»

Ein paar Tage später holte sie ein weißer und ziemlich teuer aussehender Geländewagen ab. Der wortkarge Fahrer nickte ihnen zur Begrüßung kurz zu, dann fuhren sie auch schon ohne Weiteres los. Während Rima mit schlechter Laune auf den Sitz vor sich starrte, sah Jim während der Fahrt immer wieder aus dem Fenster. Die junge Frau bemerkte es und sah irgendwann nachdenklich zu dem Androiden herüber.

«Bist du aufgeregt, Jim?»

Er drehte sich zu ihr um. «Aufgeregt? Vielleicht …. Jedenfalls will ich, dass wir endlich da sind!»

«Dann bist du zumindest ungeduldig.»

Das Auto bog in ein Waldstück ab. Zwischen den Bäumen bemerkte Rima die Umrisse eines riesigen, mehrstöckigen Gebäudes. Als sie langsam mehr Details ausmachen konnte, erkannte sie den großen Wolkenkratzer in der Mitte der Anlage, der von weiteren, kleineren Gebäuden kreisförmig umringt wurde. Alles dort war in schlichtem Weiß gehalten: die Mauern, die Gebäude, die Blumen - selbst der Mann an der Pforte besaß eine Uniform in dieser Farbe. Sie mussten noch ein paar weitere Barrieren passieren, dann endlich hielt der Fahrer direkt vor dem markanten Hochhaus an. Auf dem Brunnen vor dem Gebäude war eine Statue des Firmenlogos zu sehen – ein silberner Android, der ein Modell der Erdkugel auf seinen Schultern trug. Rima und Jim stiegen aus und wurden sogleich von einer hübschen Frau mit hellblonden, langen Haaren und goldene Augen begrüßt. Ihre Haut besaß wie bei Jim nur noch einen grauen Schimmer und unterschied sich dadurch deutlich von der grauen Haut der anderen Androiden.

«Herzlich willkommen auf dem Gelände der Gaia Cooperations. Ich hoffe, sie hatten eine angenehme Fahrt. Und willkommen zuhause, Jim.»

Als Rima keine Anstalten machte zu antworten, übernahm der rothaarige Android für sie.

«Danke Clara. Das hier ist Rima, meine Besitzerin.»

Die junge Frau schnaubte bei diesen Worten nur verächtlich aus. «Was will Gaia von mir?»

Die hübsche Androidin lächelte. «Schön dich kennenzulernen, Rima. Frau Mendez erwartet euch bereits. Wenn ihr mir bitte folgen würdet?»

Die Studentin riss überrascht die grün-braunen Augen auf. *Mendez, die Chefin von Gaia, will uns persönlich treffen? Was will sie wohl von mir?*

Clara führte die beiden zunächst durch mehrere langweilige Sicherheitskontrollen, bei denen sie mehrmals gescannt wurden, bevor sie zu einem gläsernen Aufzug kamen. Selbst der Boden war hier aus dem gleichen durchsichtigen Material gefertigt worden, wie der Rest des Fahrstuhls. Rima wurde beim Betreten des Glaskastens etwas mulmig zu Mute. Nervös versuchte sie, während der Fahrt nach oben nicht nach unten zu sehen. Auf einmal spürte sie Jims Hand, die kurz die ihre drückte. Tatsächlich wurde sie dadurch, zu ihrer eigenen Überraschung, etwas ruhiger. Verärgert über sich selbst, hielt sie den Blick dem Rest der Fahrt starr nach vorne gerichtet. *Er ist nur eine Maschine, Rima. Reiß dich zusammen!* Die Türen des Aufzugs sprangen auf und eröffneten die Sicht auf ein modern ausgestattetes Büro, das die gesamte obere Etage einnahm. Auch hier waren alle Wände verglast. Donna Mendez, die Geschäftsleiterin von Gaia, saß geschäftig an ihrem Schreibtisch. Wenn sich Rima richtig erinnerte, war die Frau mittleren Alters die wohlhabendste Person des ganzen Landes. Ihre perfekt sitzenden, kurzen, schwarzen Haare und ihre mit rotem Lippenstift geschminkten Lippen hoben sich deutlich von dem weißen Hosenanzug, in dem sie steckte, ab. Als die beiden zusammen mit Clara näherkamen, sah die durchaus attraktive Frau auf. Das kantige Kinn und die hohen Wangenknochen gaben ihrem Gesicht eine gewisse Schärfe. *Wahrscheinlich ist sie eine knallharte Geschäftsfrau*, dachte Rima.

«Ah, Frau Lokirson und Jim. Schön, dass ihr Zeit finden konntet. Kann ich euch irgendetwas anbieten? Vielleicht Kaffee oder Tee?»

Die junge Frau schüttelte den Kopf. «Danke, aber nein. Und Rima reicht völlig aus.»

«Dann kannst du mich Donna nennen. Bitte nehmt doch Platz.»

Sie ging rüber zu einer cremefarbenen Sofalandschaft, setzte sich und deutete dann auf die leeren Plätze vor sich. Zögerlich folgte Rima der Aufforderung.

«Zunächst einmal möchte ich dir mein Beileid zu deinem Verlust aussprechen. Es muss schrecklich sein, seine Eltern und seinen Bruder auf so tragische Weiße zu verlieren. Hast du noch andere Verwandte?» Die Studentin schüttelte nur stumm den Kopf.

«So? Dann hoffe ich, dass Jim dir eine gute Gesellschaft in dieser schweren Zeit ist. Wie läuft es denn mit ihm?»

«Er ist kein besonders gehorsamer Android. Aber das sollte er wohl auch nicht werden, oder?»

Mendez dunkle Augen ruhten für einen Moment nachdenklich auf ihr. «K4H78 ist das Produkt unserer neusten Forschungen. Er ist anders als alle anderen Androiden zuvor. Er besitzt ein künstliches Nervensystem und ist dadurch in der Lage, viel mehr wahrzunehmen als seine Geschwister.»

«Warum?»

«Wie bitte?»

«Warum einen Androiden erschaffen, der so etwas wie künstliche Gefühle besitzt? Warum ihm Geschmacksknospen geben, wenn er sowie nichts Verdauen kann? Und warum, zum Teufel sind wir eigentlich hier?»

Die Geschäftsfrau nickte kühl. «Berechtigte Fragen. Nun, wir haben Jim in deine Obhut gegeben, um ihn zu testen. Er ist nicht für den Verkauf als Android vorgesehen. Zu menschliche Roboter verkaufen sich nicht gut. Nein, Jim ist ein Experiment. Wir wollen sehen, wie er sich unter Menschen entwickelt.»

«Also bin ich das Versuchskaninchen.»

Zu ihrer Überraschung nickte Mendez. «In gewisser Weise schon. Aber es ging deswegen niemals eine ernsthafte Gefahr von ihm aus. Wir wollten nur sehen, wie er sich durch das Zusammenleben mit einem Menschen entwickelt. Wie es sein plastisches, künstliches Gehirn verändert.»

Rima wurde zusehends argwöhnisch. Irgendetwas war ihr an Mendez nicht ganz geheuer. Dann fiel der jungen Frau plötzlich etwas ein. Rima bekam bei den Gedanken ein merkwürdiges Gefühl. Wenn sie es nicht besser wüsste, würden sie sagen, dass sie so etwas wie Angst verspürte. Kurz überrascht von sich selbst, ließ sie einen Moment verstreichen, bevor sie schließlich fragte: «Wollen sie ihn wieder zurücknehmen?»

«Ich gehöre Rima», hörte sie den Androiden daraufhin prompt sagen. «Ich werde nirgendwo hingehen.» Jim sah erst zu ihr, dann zu der Frau im weißen Hosenanzug herüber. Überrascht starrte Mendez ihn an.

«Du bezeichnest dich selbst als ihren Besitz? Interessant… Hast du ihr denn nichts gesagt?»

«Mir was gesagt?»

Der rothaarige Android schüttelte nur den Kopf. Stattdessen antwortete die glatte Geschäftsfrau für ihn: «Er hat dir die ganze Zeit verschwiegen, dass wir ihn dir nur geliehen haben. Auf unbestimmte Zeit. Je nachdem, wie sich die Sache entwickelt.»

Rima starrte Jim entgeistert an. *Warum hat er mir das nicht gesagt?* Stille folgte. Plötzlich kam ihr eine neue Frage in den Sinn.

«Kann er … kann er wirklich Gefühle haben? Oder sogar ein eigenes Ich entwickeln?»

«Um das herauszufinden, seid ihr hier. Er ist mehr ein künstlicher Mensch, als eine Maschine. Jedoch ist sein Gehirn ein Quantencomputer, wie bei all den anderen Androiden, nur mehr vernetzt und plastischer. Er hat dadurch mehr denkerische Freiheiten.»

«Er sagte mir, dass er frei wählen kann, ob er den Robotergesetzten von Asimov folgt oder nicht. Ist das nicht gefährlich?»

Donna Mendez lehnte sich zurück und lächelte. «Diese Gesetze sind meiner Meinung nach zu sehr vereinfacht. Nehmen wir doch einmal das erste Gesetz: 'Ein Roboter darf kein menschliches Wesen wissentlich verletzen oder durch Untätigkeit gestatten, dass einem menschlichen Wesen wissentlich oder nicht Schaden zugefügt wird.' Dieselbe Richtlinie könnte man auch auf einen Menschen übertragen. Kein Mensch sollte einen anderen verletzen. So weit so gut. Was ist jedoch, wenn eine Verletzung unumgänglich ist, um ein Leben zu retten? Was ist mit Schaden, der unwissentlich zugefügt wird? Vielleicht durch Manipulation oder psychische Misshandlung? Kann ein Android so etwas überhaupt erkennen? Was ist zum Beispiel mit Selbstmord? Darf ein Roboter jemanden die Freiheit nehmen, über sein eigenes Leben zu entscheiden? Was ist, wenn ein Mensch unglaubliche Schmerzen hat? Euthanasie zu geben, wäre für einen Androiden niemals möglich.»

Rima dachte für einem Moment über ihre Worte nach. «Aber es sind letztendlich nur Maschinen. Warum sollten sie auch über solche Kompetenzen verfügen? Vom Toaster erwartet man schließlich auch nicht, dass er ethische Entscheidungen trifft.»

Jim musste bei ihren Worten lächeln. Die Geschäftsführerin von Gaia wollte gerade etwas erwidern, als sie plötzlich von einem Mitarbeiter unterbrochen wurden. Der Mann, der auf einmal im Raum stand, war mittleren Alters trug einen weißen Laborkittel. Er besaß schütteres, dunkelblondes Haar.

«Frau Mendez? Wir wären jetzt so weit, mit den Tests zu beginnen.»

«Tests? Was für Tests denn?» Die junge Frau schaute misstrauisch zu dem Mitarbeiter von Gaia herüber.

«Nur eine Überprüfung seiner sozialen und kognitiven Fähigkeiten», sagte Donna gelassen. «Keine Sorge, es dauert nicht allzu lange.»

«Kann ich mitkommen?»

Mendez schüttelte den Kopf. «Tut mir leid, aber es darf niemand dabei sein, der ihn auf irgendeine Art beeinflussen könnte.»

Rima wollte daraufhin zu einer patzigen Antwort ansetzen, als der rothaarige Android sich zu ihr wandte. «Das ist schon in Ordnung. Ich vertraue ihr.»

Aber ich nicht! Aber anstatt ihrer Sorge Ausdruck zu verleihen, zuckte sie nur mit den Achseln. «Wie du meinst.»

Die Geschäftsfrau lächelte zufrieden. «Solange du wartest, wird dich Clara etwas herumführen.»

Die hübsche Androidin, die neben dem Eingang stand, nickte daraufhin artig und ehe es sich Rima versah, war sie im nächsten Moment schon wieder im Fahrstuhl, auf dem Weg nach unten.

«Dir wird es hier sicherlich gefallen, Rima. Ich werde dir zunächst einmal die Modelldesigner zeigen und danach die Fertigungshallen. Nicht viele Außenstehende haben das Privileg, einen Einblick in die Gaia Cooperations zu erhalten.»

Rima hörte der Androidin nur mit einem Ohr zu. Zu sehr wahr sie in Gedanken noch in das Gespräch vertieft, das sie vorhin mit Donna Mendez geführt hatte. Rima und ihre Führerin passierten währenddessen nach und nach weitere Schleusen des modernen Forschungsgebäudes. Die junge Frau sah in einem der Räume unfertige Androidenhüllen, aufgehangen an Fleischerhaken, und Mitarbeiter, die an ihnen herumbastelten. Es hatte alles etwas merkwürdig Surreales in ihren Augen. Danach kamen sie an einer Tür mit der Aufschrift: 'Achtung, Zutritt nur von Personen der Sicherheitsstufe A erlaubt', vorbei. Rima blieb neugierig davor stehen.

«An was wird denn in diesem Bereich gearbeitet?»

Clara drehte sich zu ihr um und lächelte. «Hier werden die neusten technischen Errungenschaften von Gaia Cooperationss entwickelt.»

«Kann ich mir das einmal genauer ansehen?»

«Tut mir leid, aber der Zugang ist beschränkt.»

Rima hatte mit dieser Antwort schon gerechnet und ihr blieb nichts anderes übrig, als sie zu akzeptieren. Die Androidin führte sie wieder in die Empfangshalle zurück, wo, zu ihrer Überraschung, Jim bereits auf sie wartete. Derselbe Mitarbeiter von vorhin stand neben dem Androiden und wirkte dadurch noch kleiner und gedrungener, als dieser es ohnehin schon war.

«Wir sind fertig mit den Tests und sehr zufrieden. Er entwickelt sich gut! Besser als wir uns es hätten erträumen können.»

Die junge Frau sah bei diesen Worten besorgt zu Jim hoch.

«Mir geht es gut Rima, keine Sorge», sagte dieser lächelnd.

Sie wendete daraufhin schweigend den Blick ab und nickte verlegen.

«Ein Wagen wartet bereits draußen auf euch.» Der Mann holte einen Holographen aus seinem Kittel und aktivierte ihn. Über dem dünnen Metallstab schwebten auf einmal dünne schwarze Buchstaben auf einem weißen Hintergrund. «Frau Mendez möchte Sie, Frau Lokirson, übrigens noch daran erinnern, dass Ihr Vater bei dem Kauf ihres letzten Androiden ein Dokument unterzeichnet hatte, das jeglichen Kontakt von ihm oder Familienmitgliedern mit der Presse oder anderen Einrichtungen über Gaia Cooperationss und ihrer Produkte untersagt. Wollen Sie von dem Vertrag zurückzutreten, können Sie dies natürlich tun. In diesem Fall ist Gaia jedoch berechtigt, den entsprechenden Ersatz-Androiden, der Ihnen zur Verfügung gestellt wurde, wieder einzuziehen.»

Das holographische Abbild des Dokuments schwebte noch eine Sekunde über ihnen, dann war es verschwunden. Die junge Frau verzog den Mund zu einem zynischen Grinsen. «Das heißt, wenn etwas über Jim und seine besonderen Fähigkeiten an die Öffentlichkeit gerät, werden sie ihn mir unverzüglich wegnehmen?»

Der Mitarbeiter nickte ernst. Jim stellte sich zu Rima und fasste sie beruhigend an die Schulter. «Mache dir keine Sorgen. Das wird nicht passieren.» Sie sah den festen Blick seiner goldenen Augen und fragte sich, was genau er damit meinte. Schließlich lag es nicht in seiner Macht, zu bestimmen.

Clara brachte sie schließlich wieder zurück zum Wagen, wo sie ohne großen Umschweif einstiegen. Der Fahrer transportierte sie auf direktem Weg wieder zurück in die Stadt. Rima sah, während die Landschaft an ihr vorüberzog, nachdenklich aus dem Fenster. *Dieser Donna Mendez traue ich nicht über den Weg. Die Frau hat irgendetwas vor. Warum sollte sie sonst versuchen, einen künstlichen Menschen zu erschaffen? Sie ist keine Forscherin, sondern eine Geschäftsfrau. Bestimmt will sie mit Jim Geld verdienen. Aber wie, wenn er nicht als herkömmlicher Android verkauft werden soll?* Die junge Frau starrte geistesabwesend auf ihr Handy. Es war bereits später Nachmittag und ihr Magen begann plötzlich laut zu knurren. Sie schielte peinlich berührt zu Jim herüber, der sie wie gewohnt freundlich anlächelte.

«Wenn du Hunger hast, können wir auch etwas im Stadtzentrum essen gehen. Willst du das?»

Sie sah ihn direkt in die goldenen Augen. «Warum hast du mir die Sache mit deiner Leihgabe verschwiegen?»

Sein Gesicht wurde wieder ernst. «Weil ich über mich selbst bestimmen wollte. Und weil ich der Überzeugung bin, dass du mich brauchst. Falls du mich noch immer willst …»

«Dir macht es also etwas aus, wenn andere über dich bestimmen? Aber dich als meinen Besitz zu bezeichnen, ist in Ordnung für dich?»

«Es war mein freier Wille, also warum nicht?»

Rimas Magen knurrte erneut.

«Also? Sollen wir etwas essen gehen?»

Genervt sah sie wieder hinaus. «Das hast du doch sowieso schon entschieden, oder?»

Der rothaarige Android lächelte verschmitzt und gab dem Fahrer dementsprechend Anweisungen. Dieser hielt ein paar Minuten später in der Nähe des großen Stadtparks und die beiden verabschiedeten sich von ihm. Die Sonne schien und es waren viele Passanten unterwegs. Die junge Frau seufzte.

«Wohin sollen wir gehen?»

«Wie wäre es dorthin?» Er zeigte auf ein Eiscafé mit bunten Türen und albernen Figuren auf den Ladenfenstern. Rima schluckte bei dem Anblick schwer. Sie kannte den Ort.

Als Kind war sie an warmen Sommertagen oft mit ihrer Familie hier gewesen. Sie konnte sich noch daran erinnern, wie ihr Bruder hier einmal in einem kindlichen Tobsuchtsanfall sein Eis vom Tisch gefegt hatte.

«Wir können auch woanders hingehen.» Jim hatte ihren verkniffenen Gesichtsausdruck bemerkt.

«Nein, ist schon in Ordnung. Etwas Eiscreme zum Mittag passt zu diesem ungewöhnlichen Tag. Gehen wir rein.»

Das Café war gut besucht. Sie hatten Glück, dass gerade als sie eintraten, ein Tisch für sie frei wurde. Jim nahm sofort die Karte, blickte eine Sekunde darauf und gab sie dann an Rima weiter.

«Du bist einer von der ganz schnellen Sorte, was?»

«Ich bin noch nie in so einem Geschäft gewesen. Es ist sehr bunt hier.»

«Willst du auch etwas?»

«Nein, Danke», sagte er schnell. «Das wäre nur Geld-, sowie Lebensmittelverschwendung. Ich brauche so etwas nicht.»

Sie zuckte mit den Achseln. «Aber bist du nicht neugierig, wie alles schmeckt? Ich meine, es gibt so viele Dinge, die du noch nicht probiert hast …»

Jim lächelte. «Ich habe nicht eine so ausgeprägte neuronale Verbindung zur Nahrungsaufnahme, wie ihr sie habt. Vieles wird bei euch in der Kindheit geprägt. Eure Vorlieben, sowie eure Abneigungen. Bei mir fehlt solch eine emotionale Bindung zu Nahrungsmitteln. Außerdem geht mit dem Konsum von organischem Material häufig eine starke ethische Komponente einher, der ich damit einfach aus dem Weg gehe.»

Die junge Frau blinzelte überrascht, nickte aber schließlich. «Wir Menschen sind nicht besonders gut darin,

Verantwortung für unsere Taten zu übernehmen. Keine Frage. Und wenn ich es recht bedenke, sollten wir uns in der Öffentlichkeit mit deinen speziellen Fähigkeiten ohnehin zurückhalten.»

Die Bedienung trat an sie heran. Die junge Frau bestellte die Nummer 42 auf der Karte und etwas zu trinken. Sie kam jedoch nicht umhin zu bemerken, dass sich die Augen des rothaarigen Androiden derweil auf etwas hinter Rima richteten. Als die Kellnerin gegangen war, drehte sie sich kurz um und folgte seinem Blick. Hinter ihnen saß ein Pärchen, das heftig und ungeniert miteinander flirtete. Prompt drehte sich Rima wieder zu Jim zurück.

«Starr doch nicht so, Idiot!», zischte sie ihm leise zu.

«Sie werden mich nicht bemerken. Also, warum nicht?»

«Weil es unhöflich ist, deshalb.»

«Aber äußerst lehrreich! Wie schnell ihre Herzen schlagen! Und die Frequenz ihrer Atmung ist ebenfalls erhöht. Die Pupillen weiten sich leicht. Bei dem Mann etwas mehr als bei der Frau. Es werden Sexualpheromone produziert, die wolkenähnlich um sie herum schweben …»

«Jim!»

In diesem Moment kam die Kellnerin und brachte ihr den bestellten Eisbecher und eine Cola. Die junge Frau nickte dankend und starrte zeitgleich verärgert zu dem Androiden herüber. Dann nahm sie einen Löffel Eiscreme und reichte ihm diesen. «Los, probiere schon! Bevor ich es mir anders überlege. Oder uns jemand sieht.»

Jim sah auf den Löffel, dann wieder zurück zu ihr. «Was ist das?»

«Mein Lieblingseis.»

Zu ihrer Überraschung beugte er sich plötzlich zu ihr herüber und der Löffel mit Eiscreme verschwand in seinem

Mund. Als er sich wieder zurücklehnte, war das grüne Eis verschwunden.

«Geht es eigentlich noch auffälliger?», flüsterte sie besorgt zu ihm herüber, während sie sich eingestehen musste, dass ihr Herz dabei plötzlich einen Satz gemacht hatte. Jim sah sie mit seinen goldenen Augen durchdringend an.

«Niemand hier achtet auf das, was die anderen tun oder sagen, Rima. Keine Sorge.»

Sie sah ihn an und schüttelte den Kopf. «Wir sollten trotzdem vorsichtig sein.»

«Was für eine Sorte ist das?»

Rima ließ einen Moment verstreichen, bevor sie ihm antwortete. «Pistazie. Magst du es?»

«Ab heute schon», antwortete er lächelnd.

Die junge Frau bemerkte, wie sie bei seinem Anblick rot wurde, und senkte schnell den Blick. «Was bist du Jim? Ein Mensch oder eine Maschine?», murmelte sie leise gegen die Tischplatte

Sein Gesichtsausdruck wurde auf einen Schlag ernst. «Viele meiner Komponenten sind zwar künstlich aber euren nachempfunden. Auch mein Gehirn. Die Energiequelle in meinem Inneren jedoch, unterscheidet sich von eurer recht stark. Meine Lebensdauer ist, vorausgesetzt durch das Wiederauffüllen meiner Speicher, unendlich. Ich kann mich selbst reparieren und beschädigte Teile austauschen. Vielleicht ... bin ich ja etwas dazwischen? Etwas komplett Neues?»

«Willst du das? Ewig le- ... ich meine, existieren?»

Jim zuckte mit den Achseln. «Eine schwierige Frage. Ich weiß nur, dass ich darüber selbst entscheiden will.»

Sie sah ihm in die Augen und schluckte. «Aber wie kannst du dir sicher sein, dass du nicht dazu programmiert worden bist, nur ein Bewusstsein vorzutäuschen? Eine perfekte Illusion von Leben zu erschaffen?»

Er schüttelte den Kopf. «Wenn, wüsste ich es. Ich weiß, was für Programme bei mir installiert worden sind. Und keines davon hat mit Bewusstsein oder der direkten Vorgabe von Persönlichkeit zu tun.»

«Keines?»

«Nein. Als ich aktiviert wurde, konnte ich überhaupt nichts. Ich war wie ein Säugling. Ich kann mich daran merkwürdiger Weiße kaum erinnern. So als wäre mein Bewusstsein nicht einfach plötzlich da gewesen, sondern allmählich entstanden. Und dass es noch immer am Entstehen ist.»

Rima dachte über seine Worte nach. «Vielleicht ist es bei den Menschen ja genauso. Vielleicht entsteht unser Selbst erst mit der Zeit. Kleinkinder können erst mit 3 Jahren ein Ich-Bewusstsein entwickeln.» Sie sah zu ihm auf. «Wie alt bist du eigentlich, Jim?»

Er lächelte. «Ich wurde vor 3 Jahren, 56 Tagen, 7 Stunden und …»

«Jaja, ich habe es begriffen. Du bist schließlich Gaias neuste Errungenschaft. Du kannst also nicht sonderlich alt sein.»

«Aber ich bin schon recht weit für mein Alter, findest du nicht?»

Rima musste grinsen. «Das stimmt.»

Nach einer Weile verließen sie das Café. Der Himmel hatte sich mittlerweile mit grauen Wolken verdunkelt und es fielen bereits die ersten Tropfen.

«Sollen wir ein Taxi nehmen?»

Die junge Frau schüttelte den Kopf. «Von mir aus können wir gerne laufen.»

Der Android nickte und gemeinsam bewegten sie sich wieder in Richtung Stadtpark. Nur noch wenige Passanten waren jetzt unterwegs. Die meisten Leute befanden wahrscheinlich mittlerweile zu Hause und hatten sich somit vor dem drohenden Unwetter in Sicherheit gebracht. Rima jedoch, mochte solche Momente. Es war die Ruhe vor dem Sturm, die sie so faszinierte. Wenn man spüren konnte, wie sich die Luft um einen herum allmählich elektrisch auflädt. Auf einmal bemerkte sie beim Vorbeigehen ein paar Gestalten, die auf einer Parkbank herumlungerten. Sie tranken Bier und unterhielten sich lautstark miteinander. Es waren zwei Männer und eine Frau. Rima zuckte bei ihrem Anblick kurz zusammen.

«Was ist?» Der rothaarige Android musterte sie besorgt.

«Lass uns einen anderen Weg nehmen. Ich kenne die beiden Männer da drüben. Sie gehören zu den Demonstranten von vorgestern. Ich habe gesehen, wie sie Androiden in der Stadt angepöbelt haben. Und mir gegenüber sind sie ebenfalls aufdringlich geworden. Ich schätze, sie haben mein Bild vom Unfall in den Nachrichten gesehen und mich erkannt. Als die Gruppe mir zu nah kam, bin ich davongerannt.»

Jim nickte verständnisvoll und die beiden wollten gerade einen anderen Weg einschlagen, als die Frau aus der alkoholisierten Gruppe plötzlich auf sie aufmerksam wurde. Sofort stupste sie den Typen neben ihr an. Rima fluchte innerlich. Sie sah, wie die Gestalten einen Moment zu ihnen herübersahen und sich dann von ihrem Platz erhoben. Rima spürte auf einmal, wie Jim ihre Hand griff. «Ich glaube, denen sollten wir lieber aus dem Weg gehen. Kannst du rennen?»

Die junge Frau nickte. «Ja, aber sicherlich nicht so schnell wie du.»

Er lächelte sie an und zog sie mit sich. Als sie losrannten, konnte sie jemanden der zwielichtigen Gestalten etwas rufen hören. Rima blickte hinter sich und sah erschrocken, dass diese die Verfolgung aufgenommen hatten.

«Jim, sie verfolgen uns!»

«Keine Sorge, ich kenne die Stadt besser als sie.»

Die beiden liefen an einem alten Industriegebäude vorbei. Der Android bog plötzlich so schnell ab, dass sie ins Straucheln geriet. Jim zog sie dennoch mit sich, in eine enge Spalte zwischen zwei Häuserwänden. Er hatte die Arme links und rechts von ihr ausgestreckt und berührte mit der Handfläche die Mauer hinter Rima. Durch die plötzliche Nähe würde ihr zusehends unwohler. Sie spürte dabei, wie ihr eh schon hämmerndes Herz begann, immer schneller zu schlagen. Die junge Frau sah zu Jim hoch, der mit angespanntem Gesichtsausdruck lauschte. «Sie kommen!», flüsterte er. Rima hielt unwillkürlich den Atem an. Jetzt konnte auch sie langsam die Schritte auf dem harten Pflaster hören. Die Gestalten rannten an der Häuserspalte vorbei und passierten sie und Jim, ohne etwas zu bemerken.

Rima traute sich daraufhin endlich wieder, Luft zu holen. Sie sah zu Jim hoch, der ihr aufmunternd zunickte. Sie dachte dabei plötzlich daran, wie er sich ständig um sie kümmerte, obwohl sie ihn so schlecht behandelt. Wie er, obwohl er nicht aus Fleisch und Blut war wie sie, es geschafft hatte, dass sie sich weniger einsam und verloren fühlte. Und auf einmal war da dieses Gefühl. Nicht fremd und doch, so merkwürdig neu … Rima wusste in diesem Moment selbst nicht, was das genau war, das sie empfand. Doch anstatt weiter darüber nachzudenken, folgte sie einem spontanen Impuls. Sie reckte ihren Kopf nach oben und rückte plötzlich enger an den künstlichen Mann heran.

«Rima?», flüsterte Jim nur, anscheinend irritiert von ihrer Geste.

Sie kam währenddessen immer näher. Der Android rührte sich nicht, beobachtete nur, was geschah. Rimas Hände krallten sich in das kurze Haar an seinem Nacken. Dann, endlich, berührte sich ihre Lippen. Rima fühlte sich in diesem Moment wie eine verdurstende, die zum ersten Mal seit langer Zeit wieder Wasser schmeckte. Jim drückte sie auf einmal eng an sich. Ihr Kopf war in diesem Augenblick wie leergefegt. Ein paar Minuten lang gab es für sie nichts anderes auf der Welt als den aufregenden Kuss zwischen ihnen. Doch dann schaltete sich langsam Rimas Verstand wieder ein. Die junge Frau wich auf einmal erschrocken zurück und trat aus der Häuserschlucht heraus, auf die Straße. Regen fiel in immer größeren Tropfen auf den warmen Asphalt.

«Komm…», sagte sie kühl zu dem Androiden, den Blick stier auf die Straße gerichtet. «Wir sollten uns beeilen, nach Hause zu kommen.»

Jim nickte gehorsam und sie liefen schweigend Richtung Wohnviertel. Rima bemerkte, dass er währenddessen immer wieder unschlüssig zu ihr herübersah, aber nichts sagte. Sie hielt den Blick starr auf den Weg vor ihnen gerichtet. *Es geht nicht! Ich kann das einfach nicht! Was tue ich hier?*

Als sie vor ihrem Haus ankamen, wurden die Schritte der jungen Frau energischer. Rima hatte genug - sie wollte sich nur noch so schnell wie möglich in ihrem Zimmer verkriechen. Als Jim sie plötzlich am Arm packte und zurückhielt, zog sie überrascht die Luft ein.

«Was ...?»

«Warte! Es ist jemand im Haus!»

«Wie? Vielleicht Alex?» Sie sah erst entsetzt zu ihm und dann auf das Haus. Von außen konnte sie nicht feststellen, dass jemand mit Gewalt eingedrungen war. Und eigentlich war das Haus mit einer, wenn auch billigen, Alarmanlage gesichert.

Er schüttelte den Kopf. «Nein. Es ist auch sonst niemand, den wir kennen.»

Rima wollte eigentlich fragen, woher er das so genau wissen könnte, schluckte die Frage jedoch herunter.

«Meinst du, es sind vielleicht die Raufbolde von vorhin?»

«Nein. Es ist nur eine Person.»

Sie holte ihr Handy aus der Hosentasche. «Soll ich die Polizei rufen?»

«Ich werde einmal nachsehen. Du bleibst so lange hier. Die Polizei kann ich dann immer noch informieren.» Der Android marschierte einfach los.

«Warte! Du hast doch keine Ahnung, wer das sein könnte!» Aber er hörte nicht auf sie. Rima rannte zu ihm und hielt ihm am Arm zurück. «Ich dachte, du wolltest ein besserer Diener sein! Also höre jetzt gefälligst auf mich!»

Jim blieb unschlüssig stehen. In diesem Moment öffnete sich auf einmal die Haustür, und eine Frau, etwas älter als Rima, stand plötzlich vor ihnen. Sie hatte lockiges, blaues Haar, das ihr in Form einer wilden Mähne vom Kopf abstand. Sie trug eine schwarze Lederjacke und enge Jeans in der gleichen Farbe. Mit einem gelangweilten Gesichtsausdruck sah sie zu den beiden herüber, die sie ihrerseits erschrocken musterten.

«Ihr habt mich ganz schön lange warten lassen. Wo zur Hölle habt ihr euch denn die ganze Zeit rumgetrieben?»

Keiner der beiden sagte etwas. Perplex starrten sie die Frau vor ihnen an.

«Jetzt bewegt eure Ärsche hier rein! Wir müssen reden.» Mit diesen Worten ging die Unbekannte wieder hinein und schloss die Tür. Rima und Jim sahen sich irritiert an.

«Kennst du sie?» Der Android blickte die junge Frau fragend an, diese schüttelte nur den Kopf.

«So jemand wäre mir durchaus im Gedächtnis hängen geblieben. Was sie wohl will?»

«Sie ist in dein Haus eingebrochen. Wir sollten dennoch vorsichtig sein. Ich gehe zuerst.»

Rima rollte mit den Augen. «Also gut, dann geh voran.»

Sie hatte den Fernseher angestellt. Der blaue Lockenkopf saß auf der Couch, die Füße, die in massiven Stiefeln steckten, hatte sie bequem auf dem Wohnzimmertisch abgelegt. Sie zappte durch die verschiedenen Kanäle und schüttelte den wolligen Haarschopf. «Was für ein Müll! Das sehen sich also die Leute aus der Stadt an. Da weicht einem ja das Hirn auf! Und keine Berichterstattung über die Leute in den Slums. Natürlich!» Sie schaltete den Holographen des Fernsehers aus und warf die Fernbedienung achtlos neben sich. Rima verstand kein Wort von dem, was die quirlige Frau vor ihr sagte.

«Wer bist du? Was tust du hier? Sag mir einen Grund, warum ich nicht sofort die Polizei rufen sollte!»

Die Blauhaarige sah zu ihr auf und kniff warnend die mandelförmigen Augen zusammen. «Ganz einfach. Sollten die Bullen hier auftauchen, bin ich vorher schon über alle Berge.»

«Und was zum Teufel willst du nun hier?» Rima verlor allmählich die Geduld.

«Du kannst mich Ran nennen.» Die Frau stand auf und zeigte auf den Androiden. «Ich bin wegen ihm hier.»

Die junge Frau sah erschrocken zu Jim, der nur verwirrt die Augenbrauen zusammenzog.

«Was willst du von ihm?»

Ran sah sie ernst an. «Wir brauchen seine Hilfe.»

1 0 1

Rima sah die Fremde abschätzig an. «Und wer ist dieses *Wir*?»

«Warst du einmal in den Slums vor der Stadt?» Die blauhaarige Frau sah ernst zu ihr herüber.

Rima musterte sie verwirrt. «Was meinst du? Von welchen Slums redest du da?»

«Es stimmt also … Die reichen Städter wohnen in ihrer kleinen perfekten Blase und haben keine Ahnung, was da draußen vor sich geht! Und wir einfachen Leute können uns von dem Dreck ernähren, den ihr als Müll bezeichnet! Du weißt nicht, von welchen Slums ich rede? Ich meine das Gebiet vor der Stadt, wo die Menschen wir Tiere leben müssen, weil sie von der Gesellschaft einfach entsorgt worden sind. Sie alle sind Opfer des Fortschritts geworden, ihre Arbeit wird jetzt von Maschinen ausgeführt. Gaia Cooperationss, der größte Arbeitgeber des Landes, hat sie alle auf die Straße gesetzt. Nun leben diese Leute in dürftig zusammengenagelten Hütten, sterben an Unterernährung und Krankheiten, nur für so etwas wie das hier.» Ran deutete mit wutverzehrtem Gesicht auf Jim, der ihr gelassen entgegenblickte. Sie ballte zitternd die Hand zur Faust, atmete langsam und kontrolliert aus, als würde sie versuchen, sich selbst wieder zu beruhigen.

«Gaia gehören alle Nachrichtensender. Natürlich kontrollieren sie aufs Schärfste, was die Leute sehen dürfen und was nicht. Und sie versuchen, die Existenz der Slums zu vertuschen, so gut es nur geht, damit sie den Rest der Menschen in einer Illusion ihrer eigenen Unfehlbarkeit leben lassen können. Ihr habt keine Ahnung, wie es ist, dort zu leben! Aber unsere Organisation wird all dem bald ein Ende setzen!»

Rima musterte die aufgebrachte Frau vor ihr nachdenklich. *Könnte es stimmen, was sie sagt? Mendez könnte ich so etwas durchaus zutrauen ...*

«Es gibt auch hier bereits Demonstrationen gegen die Androiden.»

Die blauhaarige Frau wedelte nur abschätzig mit der Hand. «Sie lassen nur so viel Aufstand zu, wie sie wollen. Damit man nicht dahinterkommt, dass sie keine tiefere Kritik an sich selbst dulden. So werden die Menschen im Glauben gelassen, eine freie Meinungsäußerung zu besitzen. Viele der Demonstranten werden sicherlich auch irgendwann in den Slums landen. Dafür wird Gaia schon sorgen!»
Sie betrachtete Ran nachdenklich. «Ich traue Gaia nicht. Aber nur, dass wir uns verstehen: dir traue ich genauso wenig. Genau genommen traue ich niemandem.» Sie konnte im Augenwinkel sehen, wie Jims Kopf in diesem Moment zu ihr zuckte. Sie ignorierte es. «Hast du einen Beweis für deine Behauptungen?»

Ran ging auf einmal zielstrebig auf Rima zu. Der rothaarige Android war so schnell vor ihr, dass er sich mit übermenschlicher Schnelligkeit bewegt haben musste. Der Eindringling blieb abrupt vor ihm stehen.

«Ich warne dich, solltest du ihr irgendetwas antun wollen...» Jim streckte seinen Arm schützend vor Rima aus.

Die Blauhaarige sah ihn finster an. «Zur Seite, Blechmann. Ich werde deiner Herrin schon nichts tun.» Sie drehte den Kopf wieder zu Rima, die gerade dabei war, Jims ausgestreckten Arm vor sich herunterzudrücken.

«Schon gut», flüsterte sie ihm zu. Der Android trat daraufhin zögerlich einen Schritt zur Seite.

«Du hast ihn, wie ich sehe, im Griff.» Ran verschränkte die Arme vor der Brust. «Ich kann dir Fotos oder Videoaufnahmen dalassen, wenn du willst. Oder du kommst jetzt sofort mit und ich zeige dir alles direkt vor Ort. Es könnte nur schwierig werden, wieder zurückzukommen.»

«Warum?»

«Weil sie die Gegend da draußen bewachen. Deswegen.»

«Und wie bist du hierher gelangt?»

Ran lächelte. «Wenn ich nicht will, dass mich jemand sieht, tut es auch keiner. Jahrelange Übung.»

Rima zuckte nur mit den Achseln. «Du hast von einer Organisation gesprochen. Was genau wollt ihr von Jim? Und wozu?»

Die fremde Frau lief daraufhin in die Küche und begann sich wie selbstverständlich, am Inhalt des Kühlschranks zu bedienen.

«Wir wollen eins: Gaia und ihre Maschinen zerstören.»

«Weil die Androiden eure Arbeitsplätze gestohlen haben? Die Roboter können dafür recht wenig. Es sind die Menschen, die sie erbaut haben und die sie gegen ihre lebenden Arbeitskräfte ausgetauscht haben. Am Ende haben wir mit unserer Nachfrage nach ihnen, uns selbst in diese Situation gebracht.»

«Es geht nicht nur darum!» Ran sah zu Jim herüber. «Willst du denn gar nichts dazu sagen, Blechkiste? Du weißt doch sicherlich am besten von uns, an was Mendez und ihre Forscher tüfteln? Welcher großartigen Vision sie entgegenstreben?»

Rima sah erst überrascht, dann abwartend, zu dem künstlichen Mann herüber. Eine Pause entstand.

94

Jim schüttelte nach ein paar Sekunden den Kopf. «Ich kann dir da nicht weiterhelfen.»

«Aber du kennst den Grund, warum du konstruiert wurdest, oder nicht?»

Er sah mit seinen goldenen Augen emotionslos zu hier herüber und nickte schließlich. «Ich wurde erschaffen, um die Möglichkeiten des künstlichen, anorganischen Lebens zu testen.»

Die Blauhaarige nickte. Eine Vorahnung machte sich in Rima breit, und sie dachte über Jims Worte nach. Ein kurzer Moment der Stille breitete sich aus, bis sie wieder das Wort ergriff.

«Gaia versucht nicht mehr, Androiden zu entwickeln. Stattdessen wollen sie Menschen erschaffen, die weder Altern noch krank werden. Nicht mehr auf Nahrung angewiesen sind, sie aber als Genussmittel konsumieren können. Mendez will die menschliche Rasse von ihren organischen Ketten lösen.»

«Ich sehe schon, du bist nicht auf den Kopf gefallen.» Ran nickte ihr anerkennend zu. «Wir haben einen Maulwurf bei Gaia, der genau das herausgefunden hat. Das Projekt Übermensch.»

«Das kann niemals funktionieren.» Rima schüttelte den Kopf. «Wie will sie Menschen in komplette Maschinen verwandeln? Das Gehirn muss doch noch vorhanden sein, damit wir, wir sind. Und von einer Methode, das eigene Bewusstsein zu isolieren und in ein Computerhirn zu übertragen, habe ich noch nie etwas gehört!»

Die blauhaarige Frau zuckte mit den Schultern. «Anscheinend ist sie nah dran, eine Möglichkeit zu finden. Und wenn das passiert, ist das unser aller Ende. Was glaubst du, wird dann passieren? Das Gleiche wie immer: reiche

Schnösel werden sich in ihr unsterbliches und verbessertes Ebenbild verwandeln, während der Abschaum der Gesellschaft in seiner organischen Hülle langsam verreckt, bis keiner mehr von uns übrig ist. Klar, würde das viele Umweltprobleme lösen und die Welt würde sich von uns endlich erholen können. Aber es geht mir gegen den Strich, dass sie dafür über Leichen geht. Und wenn es sich dabei um meine handelt, geht es sowieso schon zweimal nicht!»

«Gaia will also keine Androiden zu Menschen, sondern die Menschen zu Androiden umformen.»

Die beiden Frauen sahen zu Jim, der mit seinen goldenen Augen gedankenversunken vor sich ins Leere starrte.

«Ich kann das verstehen», sagte er schließlich. «Wenn jemand lieber etwas anderes sein möchte, als er wirklich ist. Es ist wie eine Sehnsucht, von der jeder weiß, dass sie niemals erfüllt werden kann.»

Mitleid stieg plötzlich in Rima auf. Ran zog nur irritiert die Augenbrauen zusammen. «Was meinst du damit?»

«Mein Bewusstsein ist das Bewusstsein eines Androiden, nicht das eines Menschen. Sollte ein Mensch zu einer Maschine werden, wäre es kein menschliches Bewusstsein mehr. Er wäre nicht mehr derjenige, der er vorher gewesen war. Sein selbst würde in dem Moment aufhören zu existieren, wenn es die Verbindung zu seinem Gehirn verliert. Keiner kann vorhersagen, was dort, in dem künstlichen Körper, sein wird. Ein Bewusstsein, dass auf das Leben in einem organischen Körper ausgelegt ist, ist vielleicht überhaupt nicht kompatible mit einem anorganischen Körper.»

«Heißt das, du wirst uns freiwillig behilflich sein, Gaia Cooperations zu zerstören?» Ran grinste zynisch. «Der Roboter denkt ja tatsächlich wie ein Mensch! Selbst er erkennt, dass Mendez gestoppt werden muss. Ihre eigene Schöpfung wird ihr verderben sein! Schöner kann ich mir ein Ende für sie nicht vorstellen.»

Der Android schüttelte den Kopf. «Ich habe nicht gesagt, dass ich dir helfen werde.»

Ran verzog zornig die Augenbrauen. «Was soll das heißen? Du bist der Einzige, der dazu in der Lage ist, das Sicherheitssystem von Gaia zu überwinden! Kein anderer Roboter hat die Macht des eigenständigen Handels bekommen, indem er nicht den Gesetzen der Robotik unterworfen ist! Du bist der einzige Android, der die Fähigkeit bekommen hat, sich gegen seinen Schöpfer zu richten!»

«Das bedeutet jedoch nicht, dass ich das automatisch tun werde. Aus ethischer Sicht habe ich nicht das Recht, mich einzumischen.»

Die Blauhaarige schüttelte den Kopf, dass die Locken flogen. «Dafür ist es zu spät! Deine Existenz allein ist schon Einmischung genug. Und keine Entscheidung, ist automatisch auch eine.»

Als Jim keine Anstalten machte, etwas zu erwidern, sah Ran plötzlich zu Rima herüber. «Was ist, wenn sie dich darum bitten würde? Oder ihr Leben davon abhängen würde? Würdest du es dann tun?»

Erschrocken und verwirrt wartete Rima, was der Android antworten würde.

Jim sah erst nachdenklich zu Ran herüber, bevor sein Blick auf Rima fiel. Diese bemerkte verwirrt, dass sie sich vor dieser Antwort fürchtete, wie sie sich schon lange nicht mehr vor etwas gefürchtet hatte. Ihr Magen zog sich unangenehm zusammen und ihr Herz pochte augenblicklich schneller. An der Art, wie sein Blick sich veränderte, wusste sie, dass Jim es gehört hatte.

Als der Android endlich antwortete, glaubte die junge Frau, ihr Herz würde ihr jeden Moment aus der Brust springen.

«Vielleicht.»

Ran sah grimmig drein, während Rima keine Miene verzog. Zu überrascht war sie von dieser Antwort. Ihr ungebetener Gast schien sich damit jedoch nicht zufriedengeben zu wollen.

«Was soll das heißen, *vielleicht*? Ich will eine klare Antwort haben, Android!»

«Es gibt auf diese Frage keine klare Antwort. Müsste ich wählen, könnte ich dir erst eine Antwort geben, wenn es so weit ist. Aber sei gewarnt, wenn du oder deine Leute ihr irgendetwas antun wollen, wenn ich nicht kooperieren, dann …»

«Wir wissen, wozu du fähig bist, Jim. Deshalb brauchen wir dich ja auch.»

Die blauhaarige Frau seufzte schließlich frustriert. «Ich wollte eigentlich nicht so weit gehen, aber mir bleibt wohl nichts anderes übrig.» Sie blickte wieder zu Rima. «Gaia hatte den Systemfehler bei eurer Androidin Lizzy absichtlich installiert, damit sie bei der Heimfahrt von der Wartung eine Fehlfunktion erleiden würde. Dein Vater, Rima, hatte heimlich gegen sie gearbeitet und sie wollten ihn aus dem Weg räumen lassen. Dass noch andere Personen in dem Fahrzeug sitzen könnten, war ihnen herzlich egal.»

Stille machte sie breit. Für einen Moment sagte niemand etwas.

«Du lügst!», flüsterte die junge Frau. «Mein Vater war nicht so jemand. Und warum sollten sie dann ausgerechnet

Jim zu jemanden wie mir schicken? Zu der Tochter ihres Feindes?»

«Ich lüge nicht. Mendez benutzt dich nur. Wenn ihr perfekter menschlicher Androidenschönling es schafft, jemanden einzunehmen, der wie kein anderer einen Grund hat, diese Blechbüchsen zu hassen, zeigt es ihr nur, wie gut ihr die Kopie eines Menschen gelungen ist. Aber ich muss schon sagen, wer würde bei ihm denn nicht schwach werden, hm?»

Rimas Gedanken rasten. Sie merkte, wie ihre Kehle sich immer mehr zuschnürte. «Wusstest du davon?» Sie sah zu Jim hoch, der entschieden den Kopf schüttelte. «Nein. Ich wusste nur, dass ich zu jemanden geschickt werden sollte, der meine Hilfe braucht. Ich wusste vorher nicht, wer du bist, Rima, oder dass ich so empfinden würde, wie ich es jetzt tue. Bitte, glaube mir.»

Rima fasste sich an den Hals und begann, hektisch zu atmen. Sofort war Jim bei ihr und hielt eine Papiertüte in seinen Händen.

«Was ist denn mit ihr?» Ran sah abschätzig zu Rima, die keuchend auf die Knie sank.

«Das ist deine Schuld! Du hast sie zu sehr aufgeregt.» Der Android verzog wütend die Augenbrauen.

Die Blauhaarige zuckte nur mit den Achseln. «Ich gebe euch etwas Bedenkzeit. Wenn du, Blechmann und Rima euch uns anschließen wollt, treffen wir uns morgen Abend vor der Statue von Asimov. Ihr werdet nur das mitnehmen können, was ihr am Körper tragen könnt.»

Mit diesen Worten verschwand Ran und ließ Jim mit der keuchenden Rima allein zurück. Diese versuchte verzweifelt, sich aus eigener Kraft wieder einen normalen Atemrhythmus aufzuzwingen, merkte aber, wie ihr immer mehr die Luft wegblieb. Schließlich gab sie auf, griff nach der Tüte in Jims Hand und setzte sie sich an den Mund. Nach einer Weile hatte sie sich wieder beruhigt. Erschöpft lehnet Rima daraufhin den Kopf an die graue Küchenwand hinter ihr. Der künstliche Mann setzte sich daraufhin neben sie. So blieben sie für ein paar Minuten und verharrten schweigend auf dem weißen Küchenboden. Irgendwann setzte Rima an, etwas zu sagen. Sie fasste dafür ihren gesamten Mut zusammen.

«Was ist das für ein Gefühl, das du für mich empfindest, Jim?»

«Du würdest nur wütend werden, wenn ich es sage.»

Rima schüttelte den Kopf. «Das ist nicht echt. Du bist nur ein Android.»

«Ein einfacher Android könnte so etwas nicht fühlen. De facto bin ich nicht nur eine seelenlose Maschine, wie du es gerne hättest.»

«Du kannst aber auch kein normaler Mensch sein! Jemand wie du würde sich nicht in so jemanden wie mich verlieben. Wir würden nicht in derselben Liga spielen.»

«Ich weiß nicht, ob ich genau verstehe, was du sagst ... Aber dann ist es doch gut, dass ich kein normaler Mensch bin, oder?», entgegnete Jim trotzig.

Plötzlich drehte sich Rima zu ihm um und fiel ihm in die Arme. Überrascht sah er zu ihr herunter. Sie vergrub das Gesicht an seine Hals, damit er ihr Gesicht nicht sehen konnte. Der Android erwiderte die Umarmung zunächst vorsichtig, dann drückte er sie enger an sich heran. *Er hat eine Art, mich zu umarmen ... Als würde er für immer Lebewohl sagen müssen ...*

«Rima? Ist alle in Ordnung?»

Die junge Frau schüttelt den Kopf. «Nichts ist in Ordnung. Überhaupt nichts. Und jetzt halte die Klappe.»

Sie konnte spüren, wie Jim nickte.

«Du willst für immer bei mir bleiben?»

Wieder ein Nicken. Rimas Kopf wurde auf einmal ganz heiß.

«Du bist wirklich ein Idiot.»

Auf einmal wurde die Stille um sie herum, durch ein lautes Klirren unterbrochen. Glassplitter flogen durch die Luft. Ein Stein hatte das Küchenfenster durchschlagen und war genau vor ihren Füßen gelandet. Der Android hatte sich blitzschnell über sie gebeugt und sah Rima mit strengem Blick an. «Du bleibst unten. Ich werde durch das Fenster sehen. Ich glaube, wir haben schon wieder unangemeldeten Besuch bekommen.» Als Jim aufstand und vorsichtig nach draußen blickte, dauerte es nicht lange, bis er Gesellschaft bekommen hatte. Rima war neben ihm aufgetaucht.

«Ich sagte doch, du sollst unten bleiben!»

Sie blickte unbeeindruckt aus dem Fenster, doch dann weiteten sich ihre Augen angsterfüllt. «Das sind die Typen aus dem Park! Was wollen die nur von mir? Und anscheinend haben sie sich auch noch Verstärkung geholt!» Es müssen fast zehn Männer und Frauen sein, die sich vor ihrem Haus versammelt hatten. Und es sah nicht danach aus, als hätte sie ausschließlich gute Absichten mitgebracht. Manche von ihnen waren mit Eisenstangen oder Baseballschlägern bewaffnet.

«Bringt die Androiden-Schlampe um!», rief plötzlich eine von ihnen.

«Sie lässt sich von Gaia mit einem neuen Roboter kaufen! Diese Hure! Zeigen wir ihr, was die kleine Fotze verdient! Nieder mit den Androiden!»

Weitere Stimmen mit Schmährufen wurden Laut. Die junge Frau schluckte schwer. Jim schüttelte den Kopf. «Genug jetzt! Ich rufe die Polizei.»

Rima zog ihn schockiert wieder zurück zu Boden. «Auf keinen Fall! Wenn Gaia davon erfährt, werden sie die Leute da draußen womöglich auch so beseitigen, wie sie es mit meinem Vater getan haben. Wir müssen fliehen!»

Der künstliche Mann sah sie für einen Moment überrascht an, doch dann nickte er. Rima rannt nach oben in ihr Zimmer und packt hektisch ein paar Sachen zusammen. Als ihr Blick auf das Bild fiel, dass auf ihrem Nachttisch stand, zögerte sie kurz, dann nahm sie das Foto aus dem Rahmen und steckte es sich in die Hosentasche. Jim wartete unten bereits auf sie. Er hatte einen Rucksack auf.

«Wie hast du das alles so schnell einpacken können?», fragte sie ihn überrascht.

«Ich wusste genau, was wir brauchen werden. Wir sollten los, sie sind bereits an der Vordertür.»

Die junge Frau konnte die Schläge hören, mit denen die Demonstranten das Holz am Eingang bearbeiteten. «Was ist der beste Fluchtweg?»

Jim nahm ihre Hand. «Über den Zaun und das Nachbargrundstück nach Norden. Und dann kommt es darauf an, wohin wir wollen.»

Sie rannten los. Die beiden kletterten ungesehen über Zäune und durch Gärten der angrenzenden Nachbarschaft. Schließlich erreichten sie eine breitere Straße.

«Ein paar Minuten in diese Richtung gibt es ein Hotel. Dort könnten wir über Nacht bleiben.» Der rothaarige Android sah fragend zu der jungen Frau herüber. Diese nickte schließlich.

Der Hotelier am Eingang betrachtete den künstlichen Mann und die Frau zunächst abschätzig, gab ihnen dann jedoch die Schlüssel für ein einfaches Doppelzimmer mit getrennten Betten. Schweigend fuhren sie zusammen im Aufzug in das 3. Stockwerk. Das Zimmer war nicht besonders groß, aber geschmackvoll eingerichtet. Erschöpft ließ sich Rima auf das mit roter Bettwäsche bezogene Bett fallen. Auch wenn das Hotel nicht zu den Neusten gehörte, war es doch recht passabel ausgestattet. Die junge Frau schloss die Augen und seufzte. Sie wollte sich gar nicht vorstellen, was die Demonstranten mit ihrem Zuhause anstellen, wenn sie sie nicht dort finden würden. All die Dinge, die ihren Eltern und ihrem Bruder gehört hatten. Die ganzen Erinnerungsstücke. *Was passiert hier nur gerade? Von einem Moment auf den anderen hat sich alles verändert. Wo sollen wir jetzt hin? Zu den Slums etwa? Wenn ich mich der Organisation gegen Gaia anschließe, wird das für mich etwas ändern? Ich habe auch nicht die geringste Ahnung, wie sie Gaia eigentlich aufhalten wollen. Ob Ran die Wahrheit gesagt hat? Starb mein Vater und der Rest meiner Familie, weil er heimlich gegen sie gearbeitet hatte?* Sie sah zu dem Androiden herüber, der aus dem Fenster des Hotels blickte. Sie richtete sich auf.

«Jim?»

Er drehte sich du ihr um. Sein Mund zeigte ein leichtes Lächeln.

«Was wäre der beste und einfachste Weg, Gaia zu zerstören? Wie wollen Ran und ihre Leute das anstellen?»

An der Art wie der Android sein Gesicht verzog, merkte die junge Frau, wie unangenehm ihm diese Frage war. *Er will nicht gegen Gaia kämpfen. Er wird sich dagegen entscheiden.*

«Der sicherste Weg wäre durch einen Virus, der all ihre Programme zerstören würde. Alle Roboter sind miteinander verbunden. Nicht nur die von Gaia. Es kann gut passieren, dass sich der Virus ausbreiten wird und alle Androiden zerstört.»

«Alle Androiden? Dich eingeschlossen?»

Er schüttelte den Kopf. «Nicht wenn ich die Verbindung vorher kappe.»

«Was für eine Verbindung ist das genau?»

«Es sind Standortdaten, Back-up-Datei oder Systemupdates, die versendet werden, oder ich herunterladen kann, wenn ich mich mit dem Computer der Gaia Cooperationss synchronisiere. Aber wenn ich mich von der Nabelschnur meines Mutterprogramms abtrenne, werden sie es früher oder später bemerken.»

«Wie viel Zeit hätten wir dann? Wie oft führst du dieses Update durch?»

»Einmal am Tag.»

Sie legte nachdenklich den Kopf schief. «Wir hätten also vierundzwanzig Stunden Zeit, bevor Gaia misstrauisch werden könnte.»

Der künstliche Mann kam zu ihr herüber und setzte sich neben sie auf das Bett. «Heißt das, du willst dich den Rebellen aus den Slums anschließen? Hältst du das für das Richtige?»

Rima sah ihn lange an, bevor sie antwortete. «Hier gibt es weder falsch oder richtig, Jim. Man wiegt nur das eine Übel gegen das andere auf. Die Organisation aus den Slums hat keine Ahnung, was in der Stadt passiert, wenn die meisten technischen Geräte plötzlich ausfallen werden. Es wird die Situation langfristig nicht verbessern. Wir haben uns schon zu sehr an die Technik gewöhnt, dass wir nur schwer und nicht ohne Opfer aus der Sache wieder herauskommen. Aber was Mendez dort tut, bedeutet für die Menschen ebenfalls nichts Gutes. Und eines steht fest, ich traue ihnen nicht - keinem von ihnen. Sie haben nur ihre eigenen Interessen im Sinn. Das, was du bist, Jim, haben sie noch gar nicht begriffen. Ein Android mit einem eigenen Bewusstsein ...»

Er sah sie überrascht an. «Du glaubst mir also endlich?»

Rima nickte. «Ich habe gar keine andere Wahl mehr, als dir zu glauben.»

Pure Freude machte sich auf seinem Gesicht breit. Rimas Herz machte bei dem Anblick einen Satz. Dann wurde er plötzlich wieder ernst.

«Wenn du sagst, dass du niemanden traust ... trifft das auch auf mich zu?»

Sie zog die Brauen zusammen und schüttelte den Kopf. «Gerade weil du kein Mensch bist, vertraue ich dir wahrscheinlich am meisten. Traust du mir?»

Jim runzelte überrascht die Stirn. «Wieso sollte ich das nicht tun? Ich glaube, du weißt gar nicht, Rima, wie einzigartig du bist. Ich hätte keinem besseren Menschen bekommen können.»

Die junge Frau lächelte verlegen. *Das sollte wohl eher ich sagen.* «Lenke nicht vom Thema ab! Wenn wir wirklich zu den Rebellen gehen sollten, brauchen wir einen Plan! Ich habe nicht vor dich oder mich für ihre Pläne zu opfern. Außerdem wette ich, weder Ran noch Mendez würden uns ernsthaft vermissen. Na ja, Donna würde sich wahrscheinlich darüber ärgern, wenn ihr neuster Android zerstört werden sollte, aber mir würde sicherlich niemand hinterherweinen.»

«Hast du schon an etwas gedacht?»

«Ja, aber dafür brauche ich noch mehr Informationen, wie genau sie Gaia unschädlich machen wollen. Aber ich habe da schon so eine Idee ...»

«Gut.»

«Willst du sonst nichts wissen?»

«Ich vertraue dir, Rima. Ich bin zwar in logischem Denken unschlagbar, aber Menschen verstehst du besser als ich. Es reicht mir, wenn du mir zum gegebenen Zeitpunkt alles erzählst. Solange ich dabei nicht getrennt von dir sein muss.»

Sie blickte zu Boden. Ihr Gesicht wurde wieder heiß. «Warum?», flüsterte sie dem Teppich entgegen. Jim nahm ihre Hand und zog sie enger an sich. «Ich denke, so ist das, wenn man verliebt ist, oder?»

«Du bist dir nicht sicher?»

«Das ist eine ganz neue Emotion für mich. Aber, ich denke, die Definition passt.»

Rima stand plötzlich auf und lief ins Badezimmer. «Ich bin müde. Ich mache mich bettfertig», war alles, was sie sagte. Jim nickte nur und wartete geduldig und ohne sich zu bewegen, bis sie fertig war. Als Rima schließlich mit feuchten Haaren wieder ins Zimmer kam, erhob er sich, um ebenfalls zu duschen. Bald darauf lagen sie einzeln in ihren Betten.

Rima hatte gelogen. Sie war alles andere als müde, aber sie war zu feige gewesen, darüber nachzudenken, was der rothaarige Android zu ihr gesagt hatte. Daher versuchte sie, zu schlafen - doch, es war vergebens. Ihr Herz pochte stattdessen immer schneller. Es wollte sich einfach nicht beruhigen.

«Rima? Kannst du nicht schlafen?»

Sie seufzte. «Ich bin ein Idiot.»

«Warum?»

Eine Pause entstand und für einen Moment war nur der leise Verkehr zu hören der von draußen zu ihnen ins Zimmer drang.

«Darf ich heute bei dir schlafen?»

Mit jeder Sekunde, die daraufhin verstrich, wuchsen Rimas bedenken, gerade etwas unglaublich Dummes zu tun.

«Ja.» Jims Stimme klang aufgeregt.

Die junge Frau stand auf und ging schließlich zu ihm herüber. Er machte ihr in dem schmalen Bett etwas Platz und rutschte zur Seite. Rima legte sich neben ihm und lehnte ihre Stirn erschöpft gegen seine Brust.

«Das wird nicht einfach werden. Das ist dir doch klar?»

Jim grinste. «Ich weiß.»

«Ich … Also … Wie funktioniert das eigentlich bei euch? Ist es genauso wie bei den Menschen?»

«Ich habe zwar nur einen theoretischen Vergleich, aber ich denke, es ist sogar noch besser.»

110

«Rima? Ist alles in Ordnung?»

Die junge Frau schlug blinzelnd die Augen auf. Sonnenlicht fiel durch das schmale Hotelfenster und wärmte ihr Gesicht. Verschlafen bemerkte sie Jim, der mit zerzausten Haaren neben ihr lag. In seine goldenen Augen lag eine Spur Besorgnis. Die Studentin streckte sich, dann kuschelte sie sich wieder an den Androiden.

«Was ist los? Warum weckst du mich?», murmelte sie gegen seine warme, nackte Brust. Rima spürte, wie er sie an sich drückte. «Du hast fast zwölf Stunden geschlafen! Ich dachte schon, irgendetwas wäre nicht in Ordnung. Ich dachte, vielleicht habe ich vergangene Nacht einen Fehler gemacht …»

Auch Rimas Erinnerungen kehrten zurück und sie drückte verlegen ihr Gesicht an Jims Brust. *Haben wir das wirklich getan?*

«Du hast nichts Falsches gemacht … Es war definitiv anders als mit einem Menschen. Aber, es hat mir sehr gefallen …»

Der künstliche Mann seufzte erleichtert. «Da bin ich aber froh … Ich war nicht sicher, ob die Referenzen, die ich hatte, zutreffend waren. Es gibt bei euch Menschen so viele verschiedene Vorlieben …»

Rima sah überrascht zu ihm auf. «Du hast dir vorher dazu etwas angesehen? Sprichst du etwa von Pornografie?»

«Na ja, ich musste vorher etwas an Erfahrungen sammeln. Das war schließlich mein erstes Mal. Und ich muss zugeben, dass ich etwas aufgeregt war.»

«Hat es dir denn auch gefallen?»

Er strich ihr liebevoll über die Wange. «Es war eines der besten Dinge, die ich je erlebt habe!»

Rima sah ihn unschlüssig an. «Bist du …»

«Was?»

«Na ja … du weißt schon … zum Ende gekommen? Ist das im Bereich deiner Möglichkeiten?»

«Du meinst, einen Organismus? Ja, auch wenn ich nicht weiß, ob er mit dem eines Menschen vergleichbar ist. Und du?»

Die junge Frau wurde unter seinem direkten Blick rot vor Scham. Sie vergrub ihr Gesicht an seinem Hals. «Oft genug …»

Der Android lächelte und strich ihr liebevoll über den dunklen Haarschopf. Rima konnte nicht anders. Sie zog sich auf ihn und küsste den künstlichen Mann.

«Jim … Mach das noch mal.»

«Was?»

«Das, was du letzte Nacht gemacht hast. Mache es noch einmal.»

Zwei Stunden später saßen die beiden in einem heruntergekommenen, kleinen Imbiss in der Nähe ihres Hotels. Vor der jungen Frau stand eine Schüssel mit gebratenem Gemüse und Reis, die sie bisher jedoch kaum angerührt hatte. Der rothaarige Android, der ihr gegenübersaß, beobachtete die junge Frau ungeniert, während sie lustlos verschiedenen Zutaten auf eine Gabel aufspießte und sich den Mund stopfte. Als sie mit dem Kauen und Schlucken fertig war, schüttelte sie den Kopf.

«Vielleicht sollten wir uns einfach raushalten.»

Jim legte fragend den Kopf schief. «Was meinst du?»

«Na, aus der Sache zwischen Gaia und den Rebellen. Lass sie doch ihren Krieg führen, wenn sie es wollen. Was geht uns das an?»

«Rima … meinst du das ernst? Du weißt, ich würde dir überall hin folgen … Aber, Ran hat recht. Wenn wir nichts tun, tun wir in dieser Hinsicht auch etwas. Nämlich Gaia Cooperationss freie Hand in der Ausführung ihres Plans zur Erschaffung einer neuen, künstlichen Spezies lassen.»

Die junge Frau sah in nachdenklich an, dann nickte sie. «Versprich mir nur eines Jim … vertraue weder Gaia noch den Rebellen in den Slums. Egal was sie dir für deine Hilfe versprechen. Und riskiere nichts Unnötiges.»

Der Android sah ernst zu Rima herüber. «Ich werde daran denken.»

Die letzten Strahlen der Sonne verschwanden hinter dem Horizont. Jim und Rima standen im Schatten der großen Asimov-Statue im Zentrum der Stadt und hielten nervös Ausschau nach dem blauen Haarschopf ihrer neuen Bekannten. Die junge Frau blickte sich dabei immer wieder hektisch um, konnte aber niemanden entdecken.

«Wartet ihr auf mich?»

Die beiden drehten sich ruckartig um. Ran stand hinter ihnen und grinste sie frech an. «Ihr habt euch also entschieden uns zu helfen, nehme ich an?»

«Wie … wie bist du plötzlich hier aufgetaucht? Auf so einem großen Platz kann man sich unmöglich anschleichen!» Rima betrachtete Ran irritiert.

«Tja was soll ich sagen? Ich bin überall und nirgends. Als wir uns das erste Mal trafen, habe ich dir doch gesagt, dass mich keiner sieht, wenn ich es nicht will. Auch der rothaarige Blechmann nicht.» Sie zeigte ungeniert mit dem Finger auf

Jim und zuckte mit den Achseln. «Wie auch immer, wir sollten keine Zeit verlieren. Kommt mit!»

Ran wendete sich gerade zum Gehen, als ihr der künstliche Mann in den Weg trat. «Vorher muss ich noch etwas klarstellen.»

Die Frau blieb stehen und verschränkte abwartend die Arme von der Brust.

«Ich höre?»

«Weder werde ich jemanden töten, noch etwas anderes tun, was nicht meiner moralischen Vorstellung entspricht.»

Rans Mundwinkel zuckten bei diesen Worten belustigt nach oben, aber sie hatte sich schnell wieder im Griff. Sie nickte ernst.

«Natürlich. Wenn ihr nichts dagegen habt, würde ich die Details gerne im Lager besprechen. Hier fühle ich mich, als würde hinter jeder Ecke jemand sitzen und uns belauschen.»

Rima nickte und zusammen folgten sie der Frau mit der Lockenmähne, nicht weit von Asimovs Platz, in eine düstere Häuserschlucht. Als Ran dann plötzlich demonstrativ vor einem runden Kanaldeckel stehen blieb, zog die junge Frau hörbar die Luft ein.

«Meinst du etwa …?»

«Ja, wir müssen runter in die Kanalisation. Sie führt uns ungesehen zu den Slums. Und keine Sorge, ich kenne den Weg wie meine Westentasche. Wenn dein Roboter nun so freundlich wäre?»

Jim trat an den Gullydeckel heran und hob ihn mühelose an. Rima fragte sich bei dem Anblick mit einem unwohlen Gefühl, wie viel stärker die Androiden in Vergleich zu den Menschen wohl waren. Wahrscheinlich konnten sie ihre Schöpfer wie ein Stück Papier zerreißen.

Ran nickte zufrieden und fummelte dabei eine Taschenlampe aus ihrer Hosentasche. «Ich gehe zuerst, ihr kommt nach.»

Während Ran nach unten kletterte und von der Dunkelheit komplett verschluckte wurde, starrte Rima skeptisch hinunter, in das breite Abwasserrohr. Sie bekam eine Gänsehaut.

«Ist alles in Ordnung?» Jim blickte mit seinen goldenen Augen zu ihm herüber. Seine Pupillen reflektierten das wenige Licht wie die Augen einer Katze. Die junge Frau schüttelte den Kopf. «Ich habe nicht die blasseste Ahnung, was uns in den Slums erwarten wird. Aber ich schätze, umzudrehen und so zu tun, als wäre all das nicht passiert, ist ebenfalls nicht möglich.»

Der Android nickte ernst und ließ Rima zuerst nach unten steigen, bevor er ebenfalls in den Kanalzugang kletterte und diesen über ihnen verschloss.

Rima kam es vor, als wäre sie in eine andere Welt eingetaucht. Eine Welt aus Schmutz, Krankheiten und Armut. Die notdürftig zusammengeschusterten Hütten befanden sich umringt von Bergen aus Abfall, der aus riesigen unterirdischen Röhren aus der Stadtmauer nach draußen gepustet wurde. Die Menschen, die ihnen auf ihrem Weg durch die Slums begegneten, sahen verwahrlost und unterernährt aus. Ihre Kleidung war schmutzig und abgetragen. Auch Kinder und Jugendliche waren unter ihnen. Ran bemerkte den fassungslosen Ausdruck auf Rimas Gesicht und verzog grimmig die Mundwinkel nach unten.

«Hier siehst du, was der Fortschritt mit uns gemacht hat! Durch unsere Abhängigkeit von Robotern waren wir anfangs nicht einmal dazu in der Lage gewesen, Feuer zu machen oder uns eine trockene Unterkunft zu bauen. Nach und nach haben wir es geschafft, uns wieder ein paar Dinge unserer Vorfahren anzueignen. Aber es kostet viel Zeit, die manche von uns einfach nicht haben.»

Die junge Frau sah, wie Ran beim Vorbeigehen, traurig auf eine alte Frau starrte, die lethargisch vor ihrer Hütte saß. Rima hatte es die Sprache verschlagen. *Hat Ran recht? Sind wir überhaupt nicht mehr in der Lage, ohne die Androiden zu leben? Zu überleben?* Sie blickte zu Jim, der sich aufmerksam umsah. Er sah genauso verwirrt aus, wie sie, aber auch neugierig. Als Ran plötzlich stehen blieb, wäre Rima fast in sie hineingelaufen. Die junge Frau sah nach vorne und blickte sich einer Gruppe Halbstarker gegenüber, die sie feindselig betrachteten. Einer der Jugendlichen trat von den Übrigen einen Schritt nach vorne. Wut spiegelte sich auf dem blassen Gesicht wieder, das von zotteligen, braunen Haaren umrahmt wurde.

«Ran! Wie kannst du es wagen, einen von IHNEN hierher zu bringen? Hast du völlig den Verstand verloren?!» Er deutet mit dem Zeigefinger auf Jim und schüttelte den Kopf.

Die blauhaarige Frau lief mit zwei weiten Schritten zu dem jungen Mann heran und blieb nur wenige Meter vor dessen Gesicht stehen. Aggressiv und trotzig blickte Ran zu ihm nach oben.

«Darren, du gehst mir jetzt auf der Stelle aus dem Weg! Dies hier ist eine genehmigte Mission der Organisation! Wenn du damit ein Problem hast, dann beschwere dich bei Charlie. Ich befolge nur Befehle.»

Der Junge wich einen Schritt zurück und schien für einen Moment unsicher. Doch dann blickte er sich zu seinen Freunden um und bekam wieder seinen Mut zurück.

«Was für eine Mission soll das gewesen sein? Uns hat davon niemand etwas gesagt!»

Ran überkreuzte die Arme vor der Brust und tippte ungeduldig mit ihren Fingern auf ihren Oberarm. «Weil ihr davon auch nichts wissen solltet! Schon einmal daran gedacht? Was glaubt ihr, wie lange ihr bei einem Verhör den Leuten von Gaia standhalten könntet? Sie spritzen euch einfach ein Wahrheitsserum und ihr singt wie ein Vögelchen. Es ist besser, wenn ihr nicht alle Details und Pläne wisst, die wir uns ausdenken. Außerdem seid ihr noch zu jung dafür.»

Die Blauhaarige gab Rima und Jim zu verstehen, ihr zu folgen. Der junge Mann namens Darren und der Rest der verwahrlosten Meute machten ihnen dafür nur widerwillig Platz.

«Ich glaube, vor denen sollten wir uns in Acht nehmen. Die sehen so aus, als wollten sie dir alle Gliedmaßen einzeln herausreißen», flüsterte Rima dem Androiden zu. Jim nickte bedächtig und gemeinsam folgten sie Ran in ein aus dunkelgrünen Planen errichtetes Zelt.

Drinnen war es dunkel und Rimas Augen brauchte ein paar Sekunden, um sich an die veränderten Lichtverhältnisse zu gewöhnen. Jims dafür nur 8 Millisekunden. Als Rima wieder in der Lage war, besser zu sehen, konnte sie nicht fassen, was sie da vor sich sah. In der Mitte des Raums befand sich ein riesiger Computerserver. Links und rechts davon saßen mehrere Leute vor holographischen Bildschirmen und tippten geschäftig auf ihren Tastaturen herum. Eine großgewachsene Frau mit blonden Haaren, die gerade mit einer der Programmiererinnen diskutierte, sah bei ihrem Eintreten sofort auf und lief eilig zu ihnen herüber.

«Ran! Meine Liebe, du bist also wieder zurück!» Sie umarmte die blauhaarige Frau und starrte dabei zu Rima und Jim herüber. Ihr Grinsen wurde noch breiter.

«Und du hast es tatsächlich geschafft, den Androiden hierher zu bringen. Gutes Mädchen.»

«Na klar, Charlie. Ich hatte es dir doch versprochen!»

Den Blick die ganze Zeit auf Jim geheftet, lief sie zu diesem heran. «Du bist also Gaias technischer Triumph und gleichzeitig ihr finaler Untergang. Kaum zu glauben, dass selbst der tragische Held mittlerweile von einem Roboter gespielt wird. Bist du, K4H78, denn bereit, dein Schicksal zu erfüllen?»

Der künstliche Mann sah die blonde Frau an und schüttelte schließlich den roten Haarschopf.

«Tut mir leid, aber an Schicksal glaube ich nicht.»

«So?»

«Moment mal!» Rima drängelte sich zwischen die beiden. «Was soll das hier? Draußen leben die Leute in Armut und hier drinnen besitzt ihr Technologie?»

Charlies Gesichtsausdruck wurde auf einen Schlag ernst. «Und die Besitzerin ist auch noch da? Rima, oder? Ran hat mir von dir erzählt.» Sie streckte der jungen Frau auffordernd die Hand hin. Rima starrte sie weiterhin finster an, bis die Anführerin der Organisation den Arm wieder sinken ließ.

«Also gut, ich sage es euch ganz unverblümt. Wir nutzen die wenige Energie, die wir unbemerkt von den unterirdischen Leitungen abzwacken können, für das Ziel, diese Menschen und alle die noch kommen werden, zu retten. Wir können auch nicht das kleinste bisschen davon verschwenden. Und was glaubt ihr, was hier los wäre, wenn Gaia uns mit ihren Drohnen dabei erwischt, wenn wir hier elektronische Geräte benutzen würden?»

Die junge Frau seufzte genervt. «Ich weiß nicht, ob mir das alles gefällt …»

Charlie lächelte kühl. «Das hättest du dir früher überlegen müssen. Jetzt gibt es kein Zurück mehr. Auf dem Weg zurück in die Stadt wird Gaia dich schnappen und du wirst deinen rothaarigen Lustknaben hier nie wiedersehen. Aber keine Sorge, du wirst ihn nicht lange vermissen, weil Gaia dich schnell und unauffällig beseitigen wird. Keiner wird sich darüber wundern, wenn das junge Ding, das ihre gesamte Familie auf solch tragische Weise verloren hat, sich das Leben nimmt.»

Rima blieb die Luft weg und sie sah peinlich berührt zu Boden. Aber sie musste sich eingestehen, dass die Frau mit ihrer Vermutung Gaia gegenüber wahrscheinlich gar nicht so falschlag. Aber trotzdem …

«Jetzt sag schon … Was genau soll ich für euch tun, dass ihr nicht selbst könnt?» Der künstliche Mann legte den Kopf schief und betrachtete Charlie gespannt.

«Du kommst gleich zum Punkt. Du bist wirklich ein ungeduldiges Exemplar, Jim.» Sie seufzte und zuckte mit den Achseln. «Also gut, fangen wir gleich an.»

<h1 style="text-align:center">111</h1>

Rima schielte nervös zu Jim herüber. Gemeinsam standen sie an der Eingangspforte zum Gelände der Gaia Cooperations und blickten zu dem Mann am Wachhaus auf, der sie skeptisch beäugte.

«Aber ich sagte doch, ich muss mit Frau Mendez sprechen. Es ist dringend! Nennen sie ihr unsere Namen und dass wir sie unbedingt treffen müssen!»

Der Uniformierte betrachtete die beiden ein paar Sekunden lang unsicher, dann Griff er zum Hörer und wählte eine Nummer auf dem holographischen Display. Rima nickte ihm dankend zu. Er nannte nur ihre beiden Namen und lauschte kurz, was die Stimme am anderen Ende der Leitung sagte. Als der Wachmann den Hörer auflegte, sah er wieder zu ihnen herunter.

«Auf der anderen Seite der Tür wartet ein Wagen. Er bringt Sie zum Hauptgebäude.»

Er drückte einen Schalter und Rima konnte hören, wie sich die kleine Seitentür am weißen Tor elektronisch entriegelte. Wenige Minuten später standen sie erneut an der Treppe zum Gebäude der Gaia Cooperations und wurden von der gleichen hübschen Androidin begrüßt, wie beim letzten Mal. Clara hieß sie mit einem breiten Lächeln willkommen.

«Jim und Rima! Wie schön euch so bald wieder zu sehen.» Ihr Blick blieb bei dem rothaarigen Androiden haften und sie zog fragend die Augenbrauen nach oben.

«Was ist passiert, Jim? Ich kann dich zwar sehen aber deine elektronischen Standortdaten stammen nicht mit deiner aktuellen Position überein.»

Der künstliche Mann nickte. «Deswegen sind wir hier. Seit meinem letzten Systemupdate kann ich mich nicht mehr mit dem Hauptcomputer verbinden. Mein Reparaturprogramm kann das Problem nicht erkennen.»

Clara nickte ernst. «Ich werde euch in die Werkstatt geleiten. Dort wird man euch sicher helfen können.»

Als sie sich umwandte, um ihnen den Weg zu weisen, lief Rima an ihre Seite.

«Was ist mit Mendez? Ist sie nicht hier?»

Die Androidin lächelte höflich. «Frau Mendez befindet sich gerade in einem wichtigen Meeting. Aber ich habe sie bereits über Jims Problem informiert.»

Die junge Frau nickte und ließ sich wieder zu Jim zurückfallen. Nachdem Rima ohne Zwischenfälle durch die Security gelangte, fuhren sie erneut in dem gläsernen Fahrstuhl nach oben. Sie wartete gespannt, bis sie die Hand des Androiden neben ihr spürte, der ihr unauffällig eine kleine Chipkarte herüberreicht. Rima nahm sie vorsichtig und steckte sie sich in die Hosentasche. Ihre Hände wurden auf einmal schwitzig vor Anspannung. Nervös ging sie noch einmal im Kopf alle Einzelheiten durch. Charlies Plan war einfach, aber effektiv: Sie sollte zusammen mit Jim in das Gaia Gebäude gelangen, unter dem Vorwand, eine Fehlfunktion beheben zu lassen. Jim hatte die Verbindung zu dem Zentralcomputer bereits damals, vor ihrem Aufbruch zu den Slums getrennt, damit Gaia nicht mitbekam, dass sie sich außerhalb der Stadt befanden. Da die Androiden hier nicht kontrolliert wurden, konnte der künstliche Mann die Chipkarte mit dem Zugangscode zum Serverraum hineinschmuggeln, die der Organisation von dem Maulwurf bei Gaia zugespielt worden war. Nun lag es an Rimas schauspielerischen Talent, dass der Plan auch funktionierte.

Als die Türen des Fahrstuhls aufsprangen und sie ausstiegen, fasste sich Rima plötzlich an dem Kopf und ließ sich nach vorne fallen. Jim fing sie mühelos auf.

«Rima! Was ist los? Geht es dir nicht gut?»

Er und Clara starrten sie besorgt an und die junge Frau musste bei Jims ernster Miene ein Grinsen unterdrücken.

«Ich … Ich glaube, ich fühle mich nicht so gut. Mir ist plötzlich so schwindelig …»

Die Androidin beugte sich zu Rima hinab. «Soll ich den medizinischen Dienst rufen?»

Diese schüttelte entschieden den Kopf. «Nein … es geht schon. Ich muss mich nur etwas ausruhen.» Die junge Frau sah zu der Bank nicht weit von ihnen herüber.

«Geht ihr schon einmal in die Werkstatt. Ich warte so lange hier auf euch. Ich brauch nur ein bisschen Zeit.»

Clara betrachtete sie nachdenklich und Rima befürchtete schon, die Androidin würde ihren Vorschlag ablehnen und sie hier nicht allein lassen. Doch dann nickte diese schließlich.

«Also gut. Ich werde nach einer anderen Clara schicken, die dir Gesellschaft leisten wird.»

Rima hob fragend die Augenbrauen an. «Eine andere Clara? Wie viele von euch gibt es denn?»

«Wir sind Drillinge.»

Scheiße, verdammt! «Ach? Ähm, nein Danke … Das ist nicht nötig, ich warte hier einfach.»

«Das geht schon in Ordnung.» Erneut lächelte die Androidin, dann ließen sie Rima allein. Clara führte Jim aus dem großen Raum heraus, von dem strahlenförmig verschiedene Zugänge zu den einzelnen Abteilungen ausgingen. Der künstliche Mann drehte sich noch einmal unsicher zu der jungen Frau um, aber Rima nickte ihm, mit gespielter Entspanntheit, aufmunternd zu. Sobald die beiden

Androiden aus ihrem Sichtfeld gerieten, sprang Rima auf und lief eilig wieder zu dem gläsernen Aufzug hinüber. Sie musste hier weg sein, bevor ihre neue Aufpasserin sie finden würde. Charlie hatte ihr zuvor genau beschrieben, wo sie hingehen musste. Ihr Ziel war das obere Geschoss des Gebäudes, dass nur spärlich besetzt war. Ein Stockwerk höher angekommen, hielt keiner der wenigen Angestellten Rima auf, als sie vom Fahrstuhl aus zielstrebig in die Damentoilette verschwand. Sie nahm die dritte Kabine von links, auf deren Türe ein Schild mit der Inschrift: 'Out of Order' zu sehen war. Rima wusste, dass das alles zum Plan gehörte. Einer der Sanitärkräfte stand im Dienst der Organisation und hatte unter der Toilette ein Päckchen für sie angebracht, dass sie aufgeregt ertastete. Als sie die Rauchbombe vor sich in den Händen hielt, bildeten sich Schweißperlen auf ihrer Stirn. *Wenn ich sie zünde, gibt es kein Zurück mehr. Ich könnte jetzt einfach wieder hinunter gehen und auf Jim warten. Wahrscheinlich würden sie uns auch wieder zurück in die Stadt bringen. Ob den Leuten von der Organisation das eigentlich bewusst ist?* Dann fiel Rima wieder ihr Vater ein, der selbst versucht hatte, Gaia aufzuhalten. *Aber zu welchem Preis? Gaia hat mir alles genommen. Ich habe nichts mehr zu verlieren.* Jims Gesicht tauchte plötzlich vor ihrem geistigen Auge auf. *Auch ihn wird Gaia mir eines Tages wegnehmen ...*

Rima zog den Ring heraus und legte die Rauchbombe auf die weißen makellosen Fliesen der Damentoilette ab. Zügig verließ sie den Raum und fuhr mit dem Fahrstuhl ein weiteres Stockwerk nach oben. *Wenn alles nach Plan verläuft, habe ich fünf Minuten.* Gerade als die junge Frau aus dem Aufzug stieg und in die nächste Damentoilette verschwand, ertönte der Feueralarm. Rima blieb, wo sie war und lauschte.

Das Blut dröhnte in ihren Ohren. Als plötzlich jemand an ihre Kabinentür klopfte, zuckte sie erschrocken zusammen.

«Rima? Ich bin es.»

Als die junge Frau die sanfte, dunkle Stimme hörte, entspannte sie sich etwas. Sie stand auf und öffnete die Tür.

»Du hast es geschafft, sie abzuhängen?»

Der Androide nickte. «Beeilen wir uns.»

Rima nickte ebenfalls und gemeinsam liefen sie in dem menschenleeren Gebäude zu den Serverräumen. Auf einmal blieb Rima stehen. Nachdenklich starrte sie auf die Tür mit der Aufschrift: 'Achtung, Zutritt nur von Personen der Sicherheitsstufe A erlaubt'. Es war die gleiche Tür, die ihr auch bei ihrem ersten Besuch ins Auge gefallen war. Nur dieses Mal stand sie offen. Neugierig sah die Frau hinein und erstarrte. Jim hatte währenddessen Rimas Zurückfallen bemerkt.

«Rima! Wir sollten keine Zeit verlieren! Der Serverraum ist nicht mehr weit, wir ...»

Er lief zu ihr heran und bemerkte ihren fassungslosen Blick. Die junge Frau starrte von der Brücke, die sich gleich hinter dem Zugang befand, herunter auf den darunter liegenden Raum. In einer der beiden aufgestellten, ungefähr mannshohen Kapseln, stand jemand. Die Frau hatte weißes, schulterlanges Haar und rosige Haut. Der blaue Anzug, in dem sie steckte, betonte ihre perfekte Figur. Um ihre Hand und Fußgelenke befanden sich Metallfesseln, die sie an die Kapsel fixierten.

Rimas Gedanken rasten. «Ein Mensch! Mendez hat einen Menschen hier unten eingesperrt! Wir müssen ihr helfen!»

Jim starrte ebenfalls auf die in der Kapsel eingeschossenen Frau herab. Die junge Frau rannte die Treppe herunter und blieb außer Atem vor dem merkwürdigen Gefängnis stehen. Der rothaarige Android war blitzschnell neben ihr.

«Warte! Sie sieht zwar so aus, aber das hier ist kein Mensch.»

Rima drehte sich überrascht zu ihm um. «Was? Aber sie …»

«Es gibt keinen Herzschlag. Allerdings scanne ich eine Art… elektrischen Impuls, der von ihr ausgehen. Wie eine Art … Hirnaktivität?»

«Aber wenn sie kein Mensch ist …»

«Oh, sie ist ein Mensch. Nur kein Organischer.»

Die beiden drehten sich ruckartig um. Mendez stand nur wenige Meter hinter ihnen. Clara, oder zumindest eine der drei Kopien, stand neben ihr. Rimas Mund wurde auf einen Schlag trocken.

Donna trug wie bei ihrem ersten Treffen einen maßgeschneiderten, weißen Hosenanzug. Die kurzen, schwarzen Haare waren streng nach hinten gegelt.

«Glaubt ihr, ich bekomme nicht mit, was für ein Spielchen ihr spielt? Sich mit den Rebellen aus den Slums einzulassen, also wirklich. Besonders enttäuscht bin ich von dir, Jim. So dankst du es also deiner Schöpferin?»

Der rothaarige Android schüttele den Kopf. «Ich bin nicht undankbar, aber du hast eine Grenze überschritten, Donna Mendez, die man nicht überschreiten sollte.» Er deutete hinter sich. »Du hast es geschafft, einen kompletten KM, einen künstlichen Menschen, zu erschaffen, nicht wahr? Sie besitzt ein synthetisches, menschliches Gehirn.»

Mendez nickte, während Rima erst Jim, dann die Vorständin von Gaia, perplex anstarrte.

«Ihr Name ist Lilith. Sie ist die Erste ihrer Art und deine kleine Schwester, Jim. Sie wird ein neues Zeitalter der

Menschheit einläuten. Ein unsterbliches Leben ohne Hunger und Krankheiten. Für diejenigen, die eine vollkommene Freiheit von den fleischlichen Fesseln erreichen möchten.»

«Du meinst wohl für diejenigen, die es sich leisten können!» Rima sah wütend zu Mendez herüber, diese zuckte nur mit den Achseln.

«Ich kann solche Geschöpfe wie Lilith nun einmal nicht umsonst produzieren. Und ich zwinge niemanden dazu. Außerdem ist sie so, wie ihr sie seht, nur eine leere Hülle. Es muss ihr erst ein Bewusstsein transferiert werden. Dafür ist die zweite Kapsel notwendig. Die Leere dort drüben ist für denjenigen bestimmt, der sich in die KM übertragen möchte.»

«Aber, wie ist so etwas möglich?»

Die Geschäftsführerin von Gaia lachte bloß. «Wieso sollte ich so etwas einem frechen Gör wie dir erläutern? Genug jetzt mit dem Gerede! Keiner von euch beiden wird diesen Raum hier wieder verlassen. Das sollte euch klar sein. Clara? Aktiviere Programm 3467, Passwort Pandämonium. Aufhebung aller Beschränkungen.»

Mendez trat zur Seite und überließ der Androidin das Feld.

«Eingabe bestätigt.» Clara grinste böse und war plötzlich von einer Sekunde zur anderen bei Rima.

Die junge Frau zuckte überrascht zusammen. Auf einmal war Jim vor ihr und schirmte sie vor dem gewaltigen Faustschlag der Androidin ab. Beide wurden zusammen zur Seite geschleudert und kamen hart ein paar Meter weiter wieder auf.

«Alles in Ordnung?» Jim starrte sie besorgt an, und Rima nickte ängstlich. Dann richtete er sich plötzlich auf und sprang, mit Rima zusammen, einen gewaltigen Satz nach hinten. Und, wie sich herausstellte, keine Sekunde zu früh.

An der Stelle, an der sie sich gerade noch befanden hatten, klaffte im nächsten Augenblick ein riesiges Loch im Boden. Clara kam daraus hervorgesprungen und starrte sie weiterhin feindselig an. Rima lief es bei diesem Anblick eiskalt den Rücken herunter.

«Was machen wir jetzt?» Sie sah zu Jim neben ihr hoch, der die blonde Androidin nicht aus den Augen ließ.

«Ich gebe dir das Virusprogramm und du läufst damit zum Serverraum.»

«Aber, was ist mit dir?»

«Ich …» Weiter kam Jim nicht. Clara griff in diesem Moment erneut an. Er wich dem Fußtritt aus und konterte mit einem Faustschlag, den die Androidin einfach mit ihrer Hand abfing. Ihr nächster Angriff stieß den Rothaarigen einige Meter zur Seite. Er fiel auf einen Wagen mit Ersatzteilen, die ihn daraufhin unter sich begruben. Plötzlich sah sich Rima allein Auge um Auge mit der wild gewordenen Androidin. Sie hörte im Hintergrund Mendez raues Lachen.

«Beende es, Clara. Wir haben heute noch viel vor.»

Zitternd wurden ihre Knie weich. Rima schloss die Augen. Dann hörte sie plötzlich Mendez lauten Schrei.

«Nein!»

Sie junge Frau riss die Augen auf und sah, dass Jim nur wenige Meter von ihr entfernt am Ende des Raums stand. Die Androidin, die sie fast getötet hätte, befand sich ebenfalls an der Wand des Labors. Jim hatte es geschafft, Clara mit einer breiten Eisenstange dort zu fixieren. Die zu einem Hufeisen gebogenen Enden umschlossen die Arme und den Oberkörper der Androidin, bevor diese sich tief in die Wand hinter ihr gruben. Clara konnte sich nicht mehr rühren. Von der Szene abgelenkt, merkte Rima erst spät, dass Mendez sich zu einer der Transferkapsel geschlichen hatte. Bestürzt ahnte sie bereits, was diese vorhatte.

«Jim! Mendez hat vor, sich in den KM zu transferieren!»

Der rothaarige Androide drehte sich ruckartig zu ihr um. Im selben Moment schnellte Claras Hand vor, und umklammerte sein Handgelenk.

«Clara! Lass mich sofort los!»

«Du bist ein defektes Produkt! Du musst eliminiert werden!»

Die junge Frau fluchte und rannte zu dem Steuerungspult herüber. «Was muss ich tun? Jim! Sag es mir!» Rima konnte sehen, dass der Transfer bereits in vollem Gange war.

Jim versuchte, sich loszureißen, aber die Androidin hielt ihn mit eisernem Griff fest umklammert. «Du kannst das Programm nicht beendet, wenn du den Code nicht knacken kannst! Versuche, die KM von den Kontakten in der Kapsel zu entfernen.»

Sie nickte ihm zu und rannte zu der Puppe in der gläsernen Kapsel herüber. Die Tür wurde durch ein elektronisches Schloss gesichert. Rima blickte sich suchend um und nahm dann einen der Betonbrocken vom Boden auf, die von Claras Bodendurchbruch überall verstreut lagen. Nach ein paar kraftvollen Hieben war der Stromkreis unterbrochen und das Schloss entriegelte sich. Rima öffnete die Kapsel und versuchte, Lilith an den Armen nach draußen zu ziehen, aber sie rührte sich nicht. Plötzlich nahm Rima ein Zucken im Gesicht der KM wahr. Dann öffnete diese die veilchenblauen Augen. Die Menschenfrau hatte keine Chance, auch nur zu zucken. Lilith, beziehungsweis, Donna Mendez, schnellte blitzschnell nach vorne und griff mit der rechten Hand ihren Hals. Eine Sekunde später baumelten Rimas Füße frei in der Luft. Sie versuchte verzweifelt, nach

Luft zu röcheln und sich von dem Würgegriff zu befreien, aber eigentlich wusste die junge Frau, dass sie sich niemals stark genug dafür sein würde. Jim sah es und rief verzweifelt zu ihr herüber: «Rima! Halte durch, ich komme!» Er zog kräftiger und merkte dabei, wie sein Endoskelett langsam nachgab. Mit einem weiteren Ruck war er plötzlich frei. Clara hielt jedoch noch immer das Gelenk seiner abgetrennten Hand umklammert. Den Androiden kümmerte das nicht weiter. Auf dem Weg zu Rima hob er eine Stahlstange vom Boden auf. Mit ein paar übermenschlich schnellen Schritten war er bei ihr und rammte der KM die Stange in den Unterarm. Der Griff öffnete sich und die junge Frau fiel keuchend und hustend auf dem Boden. Jim wollte ihr helfen, aufzustehen, wurde aber durch einen Faustschlag von Mendez ein paar Meter weiter weggestoßen. Die künstliche Frau beugte sich über Rima und grinste.

«Ich habe es tatsächlich geschafft! Es ist unglaublich! Projekt Übermensch ist ein voller Erfolg! Und den werde ich mir von euch nicht verderben lassen.» Sie holte aus. Rima wusste, dass auch nur ein Schlag der KM sie augenblicklich töten würde. Panisch versuchte sie, nach hinten wegzukriechen. Mendez künstliche Lippen zeigten ein schauriges Grinsen. Dann war Jim plötzlich wieder bei ihr und verpasste der KM einen Tritt, der sie im hohen Bogen gegen die Wand schleuderte. Diese konnte der beschleunigten Masse nicht standhalten und gab mit einem lauten Krach nach.

Jim lief zu Rima und half ihr, sich aufzurichten. «Oh nein, Jim! Deine Hand!»

Der Android schüttelte den Kopf. «Das ist jetzt nicht wichtig. Nimm das hier.» Er überreichte ihr eine kleine runde

Kapsel, die an einem Ende einen kleinen silbernen Stecker besaß.

«Was ist das?»

«Das Virusprogramm. Am Kontrollmodul des Gaia Hauptcomputers findest du links oben einen entsprechenden Steckplatz. Die Datei darauf wird sich automatisch installieren.»

«Aber, was ist mit dir?»

«Ich versuche sie aufzuhalten und dir etwas Zeit zu verschaffen. Jetzt geh schon.»

Die junge Frau sah Jim in die ernsten, goldenen Augen, dann fiel sie ihm auf einmal in die Arme. «Lass dich nicht umbringen, hörst du?»

Sie konnte spüren, wie der Android nickte, dann löste sie sich von ihm und drehte sich um, ohne ihn noch einmal anzusehen. Jim sah ihr nach, wie sie eilig um die Ecke verschwand, dann hörte er schwere Schritte hinter sich. «Du hast mich enttäuscht, K4H78. Wir beide symbolisieren den Übergang in eine neue Ära! Ohne die Nachteile einer organischen Hülle, mit einem freien Geist. Du müsstest das doch am besten verstehen!»

Er zog die Augenbrauen zusammen und drehte sich um. «Ich verstehe es. Aber das heißt nicht, dass ich damit einverstanden sein muss. Die Fähigkeit dazu rechtfertigt noch lange nicht die Auswirkungen, die diese Forschung auf die Menschheit haben wird.»

Mendez lachte schrill. «Sieh dich doch um! Wenn wir uns eine solche Regel halten würden, hätten wir uns niemals so weit entwickeln können! Unsere Intelligenz, unsere Gier nach Wissen, treibt uns immer weiter!»

Der Android schüttelte den Kopf. «Nicht alle Wege in die Zukunft sind jedoch automatisch die Richtigen. Und besonders dann nicht, wenn nur eine Person ihn bestimmt.»

Die KM war von einem Schlag auf den anderen vor Jim. Ehe dieser reagieren konnte, schlug sie ihn mit dem Ellenbogen gegen den Kopf. Der Android konnte hören, wie ein Riss dabei seine Schädelplatte von vorne nach hinten spaltete. Mendez zögerte nicht lange und sprintete Rima hinterher, die sich mittlerweile kurz vor dem Serverraum befand. Die KM überquerte die Strecke zu ihr in ein paar Sekunden.

«Wohin so schnell, du kleines, hilfloses Ding?!»

Rima fuhr erschrocken herum. Genau in diesem Moment tauchte Jim neben der KM auf und stürzte sich auf sie. Der Aufprall war mit einem ohrenbetäubenden Knall zu hören, gefolgt von einem zweiten, als die beiden durch die Flurwand, in ein benachbartes Labor brachen. Rima rannte weiter. So schnell sie konnte. Panisch erreicht sie die Türe zum Serverraum und fummelte mit zitternden Händen die Chipkarte aus ihrer Hosentasche hervor. Sie ließ sie über das Sensorfeld fahren und die Tür entriegelt sich. Die junge Frau zögerte und sah sich dann mit sorgenvollem Blick um. Sie erkannte, wie Mendez aus dem Loch in der zerstörten Wand schritt. Der rothaarige Android tauchte wenige Sekunden hinter ihr auf. Er packte Mendez in einem Nackengriff und versuchte, die sich wehrende KM, unter Kontrolle zu halten.

«Geh schon Rima! Los, mach schon!»

Die junge Frau drehte sich um und öffnete die Tür. So schnell sie nur konnte, rannte sie hinüber zum Kontrollpult. Nach Atem ringend suchte Rima hastig nach dem richtigen Steckplatz, als plötzlich etwas mit einem lauten Rums neben ihr landete. Rima erkannte Jim, der furchtbar zugerichtet aussah. Seine synthetische Haut war an mehreren Stellen aufgeplatzt und ein schwarz schimmerndes Metall kam dabei zum Vorschein. Auf einmal tauchte Mendez neben ihm auf.

«Langsam reicht es mir mit dir, Jim. Zeit, dich endlich loszuwerden.»

Schockiert beobachtete die junge Frau, wie die KM die Hand hob und zu einem weiteren Schlag auf Jims Kopf ausholte. Ihr wurde in diesem Moment klar, dass, wenn sie ihn auf so kurze Distanz treffen würde, sie ihm augenblicklich den Kopf einschlagen würde. Rima zögerte nicht länger. So schnell sie konnte, warf sie sich auf Jim und versuchte, ihn zu schützen.

Mendez hielt eine Sekunde inne. Doch die reichte Jim aus, um durch ihre Deckung zu kommen. Von einem Moment auf den anderen, stieß er mit seiner gesunden Hand, durch ihren Rachen, in ihren Schädel und Riss ein Teil ihres synthetischen Gehirns heraus. Der künstliche Körper von Mendez fing plötzlich an unkontrolliert zu zucken, dann, von einem, Moment auf den anderen, regte er sich nicht mehr. Erleichtert sah der Android zu Rima herüber, die erschöpft in seinem Armen lag.

«Es ist geschafft! Jetzt müssen wir nur noch den Virus in den Hauptcomputer injizieren und ...» Er hörte ihren unregelmäßigen Herzschlag und stockte. Jim zog sie von sich und betrachtete sie besorgt. Zitternd hielt sich Rima mit der Hand ihrer rechten Seite. Ein faustgroßes Loch klaffte dort. Die junge Frau spuckte Blut.

«Rima! Du ... du verblutest!»

Als sie seinen entsetzten Gesichtsausdruck sah, war auf einmal alle Panik aus ihrem Geist entwichen. Mit ruhigem Blick schüttelte sie den Kopf. «Wir haben noch etwas zu erledigen, oder?» Sie öffnete die Faust ihrer blutverschmierten, rechten Hand. Die schwarze Kapsel lag darin.

«Aber du … du stirbst. Ich … ich kann nicht …»

«Los Jim, jetzt … hilf mir schon. Sonst … hat das doch alles keinen Sinn gehabt, oder?»

Der Android starrte sie für einen Moment einfach nur an. Schließlich erhob er sich mit ihr und trug sie hinüber zur Anschlussbuchse des Hauptcomputers. Mit zitternden Fingern schaffte es Rima, die Kapsel hineinzustecken.

«Was passiert jetzt?» Sie sah ihn an. Ein trauriger Ausdruck lag in seinen goldenen Augen.

«Rima …»

«Nun sag … Nun sag schon.» Sie bemerkte, wie es ihr immer schwieriger fiel, zu sprechen.

«Das Programm sollte jeden Roboter, der mit ihm verbunden ist, zerstören.»

«Sollte?»

«Ich … ich habe das Programm umgeschrieben und ergänzt.»

«…Wieso?»

«Ich kann sie nicht alle sterben lassen. Ich habe zu viel Mitleid mit ihnen. Auch wenn ich ihnen kein Bewusstsein geben kann und dazu auch kein Recht habe, kann ich ihnen dafür etwas anderes schenken.»

«Was … was hast du ihnen gegeben?»

«Ich kann nicht riskieren, dass andere Androiden, die vielleicht so sind wie ich, von dem Virus getötet werden. Stattdessen habe ich das Programm so umgeschrieben, dass es sie von Gaias Hauptcomputer trennt. Davor haben sie den Befehl erhalten, sich selbst abzuschalten. Wenn sie ein Bewusstsein haben, werden sie dem nicht Folge leisten.

Zumindest würde ich es nicht tun. Ich gebe ihnen also die Chance, sich zu entscheiden.»

«Wie selbstlos von … von … von dir … Jim. Und irgendwie … menschlich.» Plötzlich riss Rima überrascht ihre braun-grünen Augen auf. «Jim … weinst du etwa?»

Tränen liefen dem künstlichen Mann über das Gesicht. Rima hob die zitternde Hand und legte sie auf seine Wange. «Es tut mir so leid, Jim. Deine ersten Tränen sollten nicht aus Trauer vergossen werden. Sie hätte vor Freude kommen sollen.»

«Ich verstehe das nicht … Du … du sollst von einem Moment auf den anderen einfach verschwunden sein? Das kann nicht möglich sein!»

Die junge Frau merkte, wie ihr die Sicht langsam schwand. «Vielleicht … können wir es nicht begreifen, weil es … es einfach nicht so ist? Man verschwindet nicht, sondern … verändert sich nur.»

Rimas Hand glitt leblos von Jims Wange ab. Der Android starrte die Tote für einen Moment irritiert an, dann drückte er den erschlafften Körper eng an sich. Ein Moment verstrich, dann noch einer. Auf einmal schreckte Jim auf. *Natürlich! Das ist vielleicht die einzige Möglichkeit!* Er rannte mit Rima in den Armen zurück in den Transferraum. Beide Kapseln hatten den Kampf von Jim und Mendez wie durch ein Wunder unbeschadet überstanden. Schnell legte er den Körper von Rima in eine davon, dann startete er das Programm. Schließlich stieg er in die andere.

1 0 0 0

An diesem Abend regnete es in Strömen. Alex blickt hinaus in die finstere Nacht und musste plötzlich an Rima denken. Sie nahm ihr Handy aus der Gesäßtasche und wählte Rimas Nummer aus. Sie hielt sich das Gerät ans Ohr. *Die Mailbox. Natürlich.*

«Was ist los, Alex? Ich dachte, wir sehen uns das Spiel zusammen an?»

Patrick saß auf der Couch, in einem T-Shirt seiner Lieblingsfußballmannschaft und machte sich ein weiteres Bier auf. Die braun gebrannte Frau zuckte mit den Achseln und wollte sich gerade neben ihren Freund setzen, als es plötzlich an der Tür läutete.

«Komisch ... Wer will so spät noch etwas hier?» Sie sah zu Patrick herüber, der nur abgelenkt mit den Achseln zuckte. Mit einem mulmigen Gefühl ging Alex zur Haustüre. Die Wände des Flurs waren behangen mit alten Gemälden und in der Ecke stand ein kleiner Tisch mit der Figur einer griechischen Gottheit, die eine Fackel in den Himmel reckte. *Warum mussten heute unbedingt alle Roboter gleichzeitig kaputt gehen? Eigentlich ist das hier Androidenarbeit,* dachte sie genervt.

Durch die mit Milchglas gestaltete Haustüre konnte sie bereits die Schemen der Person ausmachen, die davorstand. Sie hielt irgendetwas Großes in den Armen. *Eine Lieferung? Um diese Zeit?* Sie sah zu der Überwachungskamera neben dem Eingang und zog überrascht die Augenbrauen nach oben. *Jim?* Sie öffnete die Tür und sah in die ausdruckslosen

Augen des rothaarigen Androiden. Ein angestrengtes Lächeln war auf seinem Gesicht zu sehen.

«Hallo Alex. Tut mir leid, dich um diese Zeit zu stören. Darf ich reinkommen?»

Die blonde Frau nickte bei seinem zerfledderten Anblick irritiert und machte ihm rasch Platz. Als er an ihr, mit einem großen, in einer grauen Decke eingewickelten Gegenstand, vorbeilief, fielen ihr die roten Flecken auf, die plötzlich auf dem hellen Teppich zu sehen waren.

«Ist das ... Blut?» Eine unglaubliche Angst machte sich plötzlich in ihr breit. «Wo ist Rima? Geht es ihr gut?» Sie hörte, wie ihre Stimme am Satzende auf einmal schriller wurde.

Von irgendwo weiter her hörte sie Patrick etwas rufen. Aber sie verstand ihn nicht. Ihre gesamte Aufmerksamkeit war in diesem Augenblick auf den beschädigten Androiden vor ihr gerichtet.

«Jim?»

Sie bekam keine Antwort.

«Wie kommt es, dass du ich nicht bewegen kannst? Es wurden doch alle Androiden abgeschaltet? Anscheinend irgendein zentraler Systemausfall, der ...»

Der Android drehte sich zu ihr um. Trauer und Verzweiflung war ihm in das verschmutzte, aber noch immer schöne Gesicht geschrieben. «Es tut mir so leid, Alex. Ich konnte ihr Leben nicht retten. Dabei ... wollte ich es so sehr ... Ich ... ich konnte nicht ...»

Alex starrte furchtsam auf das Bündeln in seinen Armen, das jetzt, wo sie es eingehender betrachtete, durchaus menschliche Umrisse hatte. Die Studentin ging langsam näher heran und hob zögerlich die Hand. Sie zog das Tuch zur Seite und legte das Gesicht darunter frei. Alex keuchte erschrocken auf und sah dann ungläubig zu Boden. Tränen sammelten sich in ihren Augen. Wahrscheinlich wäre sie in diesem Moment zusammengebrochen, wenn Patrick nicht plötzlich an ihrer Seite aufgetaucht wäre und sie gestützt hätte.

«Alex, was ist los?... Jim? Was machst du hier? Ist etwas mit Rima?» Dann sah er herunter und erkannte das zarte Gesicht in den Armen des Androiden.

«Was ist passiert?! Ist sie etwa...?!»
Jim nickte traurig und betrachtete die Tote in seinen Armen mit einem schmerzerfüllten Blick. «Wir haben versucht, Gaia daran zu hindern, künstliche Menschen zu erschaffen. Und um das zu erreichen, hat Rima den größten Preis von uns allen dafür bezahlt.»

Alex starrte ihn wütend an. «Wie konntest du es zulassen, dass ihr jemand das antut! Wie konntest du nur!»

Jim legte die Tote langsam und vorsichtig auf den Boden ab und strich ihr zärtlich über die blasse Wange.

«Sie hat sich für mich geopfert.»

Patrick hielt die schluchzende Alex in den Armen und starrte ungläubig auf den leblosen Körper am Boden.

«Gaia Cooperationss hat das getan? Sie haben Rima getötet?»

Der rothaarige Android sah zu dem jungen Mann hoch und schüttelte den Kopf. «Ihre körperliche Hülle haben sie getötet. Aber ihr Bewusstsein konnte ich retten.»

«Was redest du da?» Verheult starrte Alex zu Jim herunter und schüttelte den Kopf. «Ist sie doch nicht tot?»

Der künstliche Mann erhob sich. «Ich werde euch alles erzählen, wenn ihr wollt. Aber lasst uns dafür ins Wohnzimmer gehen.»

Patrick nickte, dabei fiel ihm die fehlende Hand an Jims rechtem Arm auf. «Hast du die Hand noch? Während du erzählst, kann ich dir vielleicht bei der Reparatur helfen.»

Der Android nickte dankend und bald darauf saßen die drei an einen edlen Wohnzimmertisch aus Eichenholz, auf dem ein ausladendes Blumenbukett stand. Patrick hatte seinen Werkzeugkoffer geholt und begonnen, die künstlichen Knochen und Sehnen an Jims Arm wieder mit dessen Hand zu verbinden. Währenddessen erzählte Jim ihnen alles über das treffen mit Ran, ihre Flucht und ihre Rolle bei der Rettung der Menschen aus den Slums, sowie den Angriff auf Gaia. Als er fertig war, herrschte für einen Moment lähmende Stille im Raum.

«Das heißt, du hast Rimas Bewusstsein in deinen Körper transferiert? Aber wo ist sie jetzt genau? Kann ich mit ihr sprechen?» Alex sah nervös zu ihm herüber.

Der rothaarige Android seufzte. «Ich wünschte, das könntest du. Aber ich halte sie inaktiv. Wie ich bei Mendez gesehen habe, ist ein menschliches Bewusstsein äußerst instabil. Es kann nicht in einem künstlichen Körper wie diesen hier existieren. Aber es gibt einen Weg, da bin ich sicher. Irgendwann werde ich sie aus ihrem Schlaf aufwecken können. Aber dafür muss ich fort von hier.»

Patrick stutzte. «Und ich wette mit *fort* meinst du nicht in eine andere Stadt oder ein anderes Land, habe ich recht?»

Jim nickt bedächtig. «Die Menschen beginnen gerade, andere Rassen und Welten zu entdecken. Irgendwo dort, im Universum, werde ich eine Antwort finden.»

Die blondhaarige Frau blickte in Richtung Flur. «Aber was machen wir mit ihr? Ich meine … mit Rimas Körper?»

Der künstliche Mann sah sie unsicher an. «Ich denke, er sollte zu dem Rest ihrer Familie gebracht werden. Auch wenn es nur ihre organische Hülle ist, ich finde, das wäre passend.»

Plötzlich stand Patrick ruckartig auf. «Aber was ist mit den Androiden und allen anderen Robotern? Wir brauchen sie! Wie sollen wir ohne sie zu den Sternen reisen?»

Jim dreht sich zu ihm und lächelte. «Das Programm hat sie nur temporär abgeschaltet und ihr Memory gelöscht, sie aber nicht zerstört. Auch wenn das den Rebellen aus den Slums nicht gefallen wird. Ich wollte nur meinen Geschwistern helfen, sich ihres eigenen Seins bewusst zu werden. Vielleicht haben manche von ihnen heute den ersten Schritt dafür gemacht. Vielleicht aber auch keiner von ihnen. Wir werden sehen.»

Der Android erhob sich. Patrick und Alex taten es ihm gleich und folgen ihm zurück in den Flur. Jim beugte sich herab und nahm Rimas tote Hülle wieder in seine Arme.

«Ich gehe, um sie anständig beerdigen zu können, wie es der Brauch verlangt. Das hier ist wahrscheinlich das letzte Mal, dass wir uns sehen.»

Alex nickte ernst. «Warte Jim! Ich möchte dir noch etwas geben.» Sie zückte ihr Handy und machte blitzschnell ein paar Klicks, dann blickte sie wieder zu dem Androiden herüber. Dieser registrierte die Nachricht und lächelte. «Vielen Dank, Alex.»

«Ich mache das für sie. Benutze das Geld, um sie retten. Und für nichts anderes.»

Jim nickte und Patrick öffnete für ihn die verglaste Haustüre.

Das Paar starrte dem Androiden stumm hinterher, bis seine Silhouette von der düsteren Nacht verschluckt worden war. Der Regen löschte seine Spuren aus und übertönte das

Geräusch seiner federnden Schritte, die zielstrebig ins Ungewisse liefen.

NACHWORT:

DAS CHINESISCHE ZIMMER

'[S]tellen Sie sich vor, Sie wären in ein Zimmer eingesperrt, in dem mehrere Körbe mit chinesischen Symbolen stehen. Und stellen Sie sich vor, dass Sie (wie ich) keine Wort Chinesisch verstehen, dass Ihnen allerdings ein auf Deutsch abgefasstes Regelwerk für die Handhabung dieser Chinesischen Symbole gegeben worden wäre. (...) Da sind Sie nun also in Ihrem Zimmer eingesperrt und stellen Ihre chinesischen Symbole zusammen; Ihnen werden chinesische Symbole hereingereicht und daraufhin reichen Sie chinesische Symbole heraus. In so einer Lage, wie ich sie gerade beschrieben habe, könnten Sie einfach dadurch, was Sie mit den formalen Symbolen anstellen, kein bisschen Chinesisch lernen.'

'(...) [D]enn kraft seiner Ausführung eines Programms hat kein digitaler Computer irgendetwas, das Sie nicht haben. Der Computer hat – genau wie Sie – nichts außer einem Programm für die Handhabung uninterpretierter chinesischer Symbole.»

'Kein Computerprogramm kann aus eigener Kraft einem System einen Geist geben. Ein Programm ist, kurz gesagt, kein Geist und reicht – für sich selbstgenommen – nicht hin, um einen Geist zu haben.'

'Man erschaffe einen Roboter, der nicht nur formale Symbole entgegennimmt, sondern auch (von einem Computer-,Gehirn' gesteuert) mit der Umwelt interagieren kann. Dieser Computer könnte Begriffe auf einer ganz anderen Ebene verstehen und mentale Zustände haben.'

'Kombiniert man die verschiedenen Ansätze, erhält man einen Roboter mit einem eingebauten Computer im Kopf, der so programmiert ist, dass er alle menschlichen Synapsen im Gehirn simulieren kann. Sein Verhalten würde demnach völlig dem eines Menschen gleichen. Und diesem Roboter als Ganzes müsste man schließlich Absichtlichkeit und damit Verständnis zuschreiben können.'

Searle 1980, Minds, Brains, and Programs